2
Hibariyu
雲雀湯
illust シソ
転校先の清楚可憐な美少女が、昔男子と思って一緒に遊んだ幼馴染だった件

「土いじりしましょう!
いいですよ、土いじり!
心が落ち着きます、はいこれ!」
Haruki Nikaidou
二階堂春希
文武両道の高嶺の花だが、幼馴染の隼人の前では一人称が「ボク」になる。最近は少しずつ「擬態」を解き始めて……。

「え？ え？ いや、ちょっと！」
それは彼女なりの励ましだった。
三岳みなもを見つめ返せば、
その瞳《ひとみ》からは打算や下心といったものが無いことがわかる。
二階堂春希にはわかってしまう。
三岳みなも
園芸部員の少女。大人しいが小動物的な愛嬌があって老若男女から好かれる。

海童一輝
Kazuki Kaidou
サッカー部員で非常にモテるが、本命は春希だという噂があって……。

「……やっぱりボク、
海童は気に入らないや」
霧島隼人
Hayato Kirishima
月野瀬という田舎から転校してきたせいで、まだ都会には慣れないことも。作る料理がことごとく酒のつまみっぽくなってしまうのが悩み。

「……何か、広いな」
時計を見るも、ここに来てまだ2分も経っていない。
昼休みの時間はまだまだたっぷり残っている。

「……殺風景だな」
いつもならここで適当に春希と話しているだけで、
あっという間に時間が過ぎていくというのに、
どういうわけか時間の進みがやたらゆっくりに感じてしまう。
なんだか色々と持て余す。

Contents

illustration by シソ　design by 百足屋ユウコ＋豊田知嘉（ムシカゴグラフィクス）

転校先の清楚可憐な美少女が、昔男子と思って一緒に遊んだ幼馴染だった件２

雲雀湯

角川スニーカー文庫

22724

プロローグ

その日も暑い日だった。

世間から時間が切り離されたような長閑《のどか》な山間《やまあい》の里。

燦々《さんさん》と照り付ける真夏の太陽に、山から顔を出す白い入道雲。

月野瀬《つきのせ》の村外れ、その山際にある辻堂《つじどう》の前。そこでシャツを汗で肌に張り付かせた3人の子供たちが、一心にあるものを見つめている。

『おれがお堂の右からおいこむから、はるきはその先でかくれて待ちかまえてくれ』

『オッケー、ちゃんとボクのところへゆーどーしてよね』

『もちろん！　へますなよ？』

『はやとこそ！』

へへっと互いに小さく笑い合い、視線を前へと向ける。

辻堂の前にいるのは中型犬くらいの大きさの1頭の子羊。暢気《のんき》そうにひなたぼっこをしている。今朝、源《げん》じいさんの家から逃げ出した子だ。彼らはちびっこ子羊捜索隊だった。

『はるちゃん、おにぃちゃん、あたしは……？』

やる気に満ちたはやととはるきとは裏腹に、ひめこは所在なげにオロオロしている。

『ん～、ひめちゃんはここでとおせんぼがいいんじゃない？』

『そうだな、ひめこがこっちにいたら、はるきの方にひつじも行くだろ』

『う、うん、わかった！』

かくして子羊捕獲作戦が始まった。

『いくぞ、はるきーっ！』

いきなり現れたはやとの姿と声に驚いた子羊は、ビクリと一瞬固まり、そして狙い通りお堂に沿ってはるきの隠れている方へと走り出す。２人はしてやったりとほくそ笑む。

『よしきたっ！』

しかし突如飛び出してきたはるきに驚いた子羊は、鋭角に方向転換。

次の瞬間、この場の全員が息を呑《の》む。

『ひめこ!?』『ひめちゃん!?』

『ひゃっ!?』

『んめえっ⁉』

　そこにはひめこが居た。子羊の勢いも止まりそうにない。

　まさかこちらに来ると思っていなかったひめこは咄嗟《とっさ》のことに立ちすくみ、身を硬くしてぎゅっと目を瞑《つむ》る。

『〜〜〜っ！』

『ひめちゃん！　……痛《いっ》ぅーっ！』

『はるき⁉』

　ドシン、という衝撃音。恐る恐る目を開けたひめこが見たのは、目の前で吹き飛ばされて尻《しり》もちをつくはるきの背中と、転倒している子羊の姿。

　そこへ慌ててはやとが駆け寄ってくる。

『ぼ、ボクはだいじょうぶ！　ひめちゃんも！　だからめぇめぇをおねがい！』

『っ！　わかった！』

　はやとは一瞬躊躇《ためら》ったものの、はるきの目を見て頷《うなず》き子羊に飛びつき捕まえる。

『ひめこ、げんじいちゃんに知らせてくれ！』

『う、うんっ！』

『はやと、ひつじの抱きかたちがうんじゃない？　毛がりのときの、ほら』

『おっと、そうだった』

はるきの指摘で、はやとは子羊のお尻をぺたんと地面に着けて後ろから抱きかかえる。

何度か毛刈りの時に見た格好だ。子羊も落ち着き大人しくなる。ホッと一息を吐く。

『へへ、やったな、はるき！　ひめこにも何もなくてよかったぜ。かーさんにおんなのこにケガさせて！　て怒られるところだった』

『む、ボクはケガしてもいいのかよ』

ケラケラと笑うはやとの言葉に、はるきは唇を尖《とが》らせる。

『へ？　はるきはいーの。だいじょーぶだって信じてたしな、あいぼう！』

だが、続く言葉で目を見開いた。

相棒。

その言葉を口の中で転がして、屈託なく笑いかけるはやとを見れば、はるきも釣られて破顔する。

『あいぼーか。それならいいや、へへっ』

『おう！　とにかく、はるきのおかげでほかくせーこーだ！』

『あはっ、そっかー！』

『はははっ！』

青空へと2人の笑い声が吸い込まれていく。

同じだった。いつも一緒だった。

互いの服は泥まみれ、剥《む》き出しの手足にはいくつもの擦り傷、そして真夏の太陽に負けないほどの弾《はじ》けた笑顔。

なんてことない、ありふれた日々。

共に重ねた、いくつもの思い出。

これはそんな中でも、一際輝く記憶の1つ。

まだ何も知らず、ただそれぞれが隣に在った時。

これは過ぎ去ったかつての、ある暑い夏の日のことだった。

第1話

この新たな環境で、確実に訪れた変化

「………」

隼人《はやと》は倦怠《けんたい》感と共に目を覚ました。窓からはカーテン越しでも陽射しの強さが窺《うかが》える。

何か夢を見ていたように思うが、よく思い出せない。まぁ夢なんてそんなものである。

「はぁ、起きよ……」

憂鬱《ゆううつ》さを振り払うように、ガリガリと頭を掻《か》いて身を起こす。

今日も暑くなりそうだった。

早々に準備を終えた霧島兄妹《きりしまきようだい》は通学路を歩く。今日の姫子《ひめこ》はすんなりと起きてくれた。

「そんじゃおにぃ、あたしこっちだから」

「おう」

お互い暑さにやられげんなりとした声を交わし、十字路で別れる。

はぁ、と物憂げなため息を吐いて空を見上げれば、今日も朝から夏の太陽がこれでもかと、存在感を過剰にアピールしていた。

「あっつぃ……」

都会の夏は過ごしにくい。

田舎の月野瀬《つきのせ》と違い、地面には見渡すかぎりにアスファルト。木の葉を震わせる風の代わりに、エアコンの生ぬるい風を送る室外機。ついでに言えば、信号機は黄色で点滅していないものばかりだ。

一歩踏み出す度に汗が噴き出し制服が肌に張り付き、不快指数が一層上がり、ますます憂鬱な気分になってしまう。

そしてなにより、隼人をやるせない気分にさせてしまっていることがあった。

「よーっす、霧島」

「おはよっす、森《もり》」

「よっ、転校生」

「おはよう、霧島くん」

「お、霧島だ。うーっす」

「……おはよーっす」

教室に入った瞬間、森をはじめクラスメイトたちから生暖かい視線と言葉で出迎えられた。

先週、春希《はるき》にイタズラ写真を見せられ勢いよくスマホを取り上げてしまって以来、どうも皆《みんな》からは二階堂春希の幼馴染《おさななじみ》に、電撃的な一目惚《ひとめぼ》れをしてしまったと思われているらしい。

おかげで彼らは、あれほどのリアクションを見せた隼人の恋の行方に興味津々になっており、微笑ましく見守られてしまっている。

（相手は姫子《妹》なんだけどなぁ……）

ちなみに諸悪の根源である春希は、『ひ、人の噂も七十五日だよ』と震えた声を出しながら、目を泳がせて言い訳していた。

「……おはよ、二階堂《にかいどう》」

「お、おはようございます、霧島くん」

だからだろうか、春希への挨拶《あいさつ》はひどくぶっきらぼうになってしまっていた。そして隼人はプイとばかりに目を逸《そ》らす。春希の顔は申し訳なさそうな苦笑いを浮かべている。

しかしその態度がまた、周囲の誤解を助長させているのだが、隼人も春希もそれに気付いていない。

「ちょっといいかな、二階堂さん」

「あーしたち、ちょっと聞きたいことがあってさ」

「はい、なんでしょ——みゃっ⁉」

そんな隼人の照れ隠しを彷彿《ほうふつ》させるような行動を見て、動き出す集団があった。うずうずとした様子の彼女たちは、たちまち春希のもとに集まり取り囲み、小声できゃいきゃいと騒ぎ出す。そして時折ちらりと隼人の方へと視線を寄越《よこ》す。

どうやらお節介を焼くことが大好きな女子の一団のようであった。

隼人から見ても春希が必死に抵抗じみたことをしているのがわかるが、目をキラキラさせ興奮した女子たちには敵《かな》わない。

やがて春希は、すまなそうな顔でスマホをもって、隼人に向きなおった。

「あのぅ、霧島くん」

「……なんだよ」

「ええっと、彼女のことなんですけど、その、これを見てみませんか？」

「別にそういうの、いいって」

「あの、そう言わずに……ね？」

「……」

春希が彼女たちに何を言われたのかはわからない。そもそも二階堂春希の幼馴染は姫子であり、隼人の実妹である。正直、見せられても困るというのが本音だ。

だけど、申し訳なさそうにしつつも困った顔の春希を見れば、その良い子に擬態している事情もある程度察しているだけに、無下にも出来ない。

ふぅ、と1つ大きなため息を吐く。やれやれといった様子で画面をのぞき込めば、そこには姫子の写真ではなく、文字が躍っていた。

『色々ごめんね、今日のお昼は彼女たちと一緒にするよ。ちゃんと誤解も解いておくから！』

春希を見れば、苦笑いをしつつも、任せてよと言いたげに片目を瞑る。

どうやら結構、責任を感じているようだった。

元々春希はいざこざを恐れ、お昼は1人でいることを貫いてきた。それを破ってまで事態の収拾を図るという意気込みも伝わってくる。それに先週の夕食時にも、アレはちょっとした悪戯《いたずら》心からでやり過ぎちゃったと、何度も謝られている。

（……まったく）

そう思うと隼人の目尻は自然と下がり、仕方がないなと口元も綻《ほころ》ぶ。

「わかったよ」

「っ！　はい！」

　春希も隼人の心を読み取ったのか、共に安堵《あんど》した顔を見合わせる。

　しかし２人の心の内とは裏腹に、背後から「「「きゃーっ！」」」と黄色い声が上がった。

「みゃっ⁉」

　彼女たちはいきなり春希の手を掴《つか》み、強引にどこかへと引っ張っていく。逆らうといけないオーラを存分に醸し出している。

「二階堂さん、話をしましょうか？」

「すぐだから、ちょっとだけだから！」

「あーしもこんな面白――んんっ、何か手伝えることがないかなーって」

　呆気《あっけ》にとられながらその光景を見る隼人だが、彼女たちが転校当初に比べて、随分と気安く春希に接しているのにも気付く。

　立てば芍薬《しゃくやく》、座れば牡丹《ぼたん》、歩く姿は百合《ゆり》の花――それを地で行き、更には文武両道で教師の覚えもめでたい春希は、人気があると共にどこか高嶺《たかね》の花《はな》というか、皆から一歩引かれているところがあった。本人もどこか壁を作っていたので当然ともいえる。

　そんな春希だが、雰囲気が少しだけ変わった。この状況がその証左だ。

（あれは大変そうだな。やれやれ、夕飯の時にでも愚痴られそうだ）

正直隼人としては、どうしたわけか胸がモヤモヤしてしまうこともあるが、相変わらず隼人の家に来ればぐてーっと無防備な姿を晒《さら》しながら、昔と同じように接してくれる。他では見せない姿だ。そう思うと、くすりと笑いが零《こぼ》れるのであった。

「霧島、そんなに愛《いと》しの彼女の凄《すご》いモノでも見たのか？」

「森？　いや、俺は別に――」

そんな隼人の表情の変化を見た外野が、どう受け取るかは別の問題である。

たちまちそれを目ざとく見つけた森が、ガシッとばかりに肩を組み、春希の周囲の女子たちに負けず劣らずニヤニヤした男子たちが、逃がさないとばかりに取り囲む。

「まぁまぁオレたちってさ、交流が足りないと思わないか？」

「うんうん、確かに二階堂さんの幼馴染って可愛い子だったもんなぁ」

「な、具体的にどこが気に入ったんだ？」

「え、いや、ちょ、俺は……っ！」

困惑する隼人や春希をよそに周囲は勝手に盛り上がっていく。

転校した当初と比べて、春希は変わった。

そしてまた、隼人を取り巻く環境も変わっていたのであった。

昼休み。退屈な授業から解放された生徒たちが、自由へと解き放たれる時間。

教室の各所から、それを謳歌《おうか》しようと様々な声が上がる。

「ささ、二階堂さんこっち！」

「お弁当？　学食？　どっちにしたって連れて行くけど！」

「あーしさ、前から二階堂さんのことに興味あったんだよね」

「えとその、私の鞄《かばん》……みゃっ⁉」

そしてキラキラした乙女の目をした女子の集団は、翼の生えた虎さながらに、春希を咥《くわ》えて彼女たちの巣《たまり場》へと連れ去っていく。

隼人はそんな春希に心の中で合掌しつつ、そそくさと秘密基地へと逃げ込む。

幸いにして、食べ盛りの男子たちは隼人への興味よりも食欲の方が勝っていたようで、脱出は容易だった。森にいたっては授業終わりを告げるチャイムと共に、教師の合図も待たずに食堂へと飛び出すほどだ。

縦に細長い６畳ほどの旧校舎、現資料置き場にある空き部屋、そこが隼人と春希の秘密基地兼避難所《シエルター》である。

隼人は１人、周囲を見回す。

「……殺風景だな」

春希がこまめに手入れしているおかげなのか小綺麗《こぎれい》なものの、ここにあるのは入り口に立てかけてある箒《ほうき》が1つと、彩りのかけらもないヌードクッション2つだけである。

そのせいなのか、夏だというのに寒々しいとすら感じてしまう。

「今度、クッションカバーでも見繕ってくるか……」

敢《あ》えて思っていることを口に出しながら、弁当を広げる。話す相手も居ない食事は機械的で、普段よりも随分早く食べ終えてしまった。時間を確認すればここに来てまだ5分も経っておらず、昼休みの時間はまだまだ残っている。

いつもならここで適当に春希と話しているだけで、あっという間に時間が過ぎていくというのに、どういうわけか時間の進みがやたらゆっくりに感じてしまう。なんだか色々と持て余す。

もう一度秘密基地を見回せば、さっきよりもやたらと広く感じてしまっていた。

（春希、あいつ今までずっとこの部屋に1人で居たのか……）

良い子に擬態、一軒家での一人暮らし。気になることは色々ある。だが、考え始めると色々ドツボに嵌《はま》りそうになったので、ガシガシと頭を掻《か》いて立ち上がる。

そして隼人はある場所へと足を向けた。

炎天下の昼休み。校舎裏手の端にある畝が作られた花壇。

そこには、くりくりとした癖っ毛が特徴的の、小柄な女子生徒の姿があった。

「よっす、三岳《みたけ》さん」

「あ、霧島さん！」

この暑さの中、三岳みなもはそれを苦ともせず、せっせと植えられている野菜の世話をしている。しかしその顔はあまり芳しいものではない。

どうしたことかと花壇に目を向けてみれば、へなへなとして元気のない状態の野菜たちの姿。隼人の視線に気付いた三岳みなもは、困った顔でとつとつと話し出す。

「その、水やりも土が乾かないように毎日していますし、適宜剪定《せんてい》もしているのですが、最近皆の元気がないようでして……」

「あー、別に水やりは毎日しなくてもいいんだ。数日に一度大量にやって地面の中まで水分を行き渡らせた方がいいというか……毎日少量だと湿らせた部分がすぐ蒸発しちゃって、水分不足になってしまうんだ」

「え……ええぇっ!?」

「けどこれは、見た感じ水不足じゃないね。こいつら最近いっぱい花や実を付けていた……ってことは、いっぱい体力を使ったってわけ。さて、これはどういうことでしょう？」

「た、体力？　あぅぅ、ええっと、その……」

三岳みなもは隼人の謎かけのような質問に、顎《あご》に指を当ててうんうんと唸《うな》りながら小首を傾げる。隼人はそんな彼女の姿を、どこか懐かしむような顔で目を細めた。

（やっぱ、似てるなぁ）

野菜の花と実、くりくりとした癖っ毛をひょこひょこさせているのを見ると、どうしても野菜の花実を狙う月野瀬の源《げん》じいの羊たちを想い起こしてしまう。頬も緩む。

やがて何かに気付いたのか、三岳みなもは「あ！」と声を上げた。

「栄養が足りてないんですね、つまり肥料！」

興奮気味にキラキラした目で見上げてくる。

その様相はえらいでしょ、ほめてほめてと言わんばかりの小動物じみていて、隼人はつい頭を撫《な》でてしまいそうになるが、グッと堪《こら》える。

「うん、その通り。野菜も分かりづらいけど、人と同じ様に体力使うとへとへとになっちゃうからね。肥料ある？　追肥、手伝うよ」

「野菜も人と同じ様に……あ、肥料あります！　ええっと……」

「直接根っこや茎に当てないようにして、円を描いて囲むように撒《ま》くといいかな」

「は、はい！　んっしょ……」

花壇としては大きいけれど、畑としては家庭菜園の域を出ない。２人で手分けすれば、肥料を撒くのはすぐに終わった。

それでも夏の太陽の下でのことである。月野瀬で炎天下での作業は慣れているものの、隼人もすっかりと汗だくになってしまい、制服がべったりと肌に張り付いてしまっていた。

「出来ました、ありがとうございます！」

「あ、あぁ……っ⁉」

「その、なにか……？」

「いやその……」

額の汗を手の甲で拭《ぬぐ》いながら彼女の方を見てみれば、隼人同様ぴったりと制服のブラウスが身体に張り付いていた。その華奢《きゃしゃ》ではあるが女の子らしい曲線が浮き彫りになってしまっている。小柄ではあるものの、姫子《妹》とは比べ物にならないかつ、春希以上のボリュームのモノが目に飛び込んできてしまい、慌てて顔を逸《そ》らす。

そんな不審な隼人の行動を疑問に思ったのか、三岳みなもはまたもコテンと首を傾げる。

（……油断してた）

いくら月野瀬の羊を連想させると言っても、三岳みなもは同い年の女の子である。

同世代との付き合いに乏しく、また、敢えてそうした部分は意識していなかった隼人であるが、無防備にもそんな姿を晒されてしまうと、さすがにドギマギしてしまう。

また、三岳みなもはオシャレにも無頓着《むとんちゃく》でくりくりの癖っ毛のまま土いじりをしているのだが、よくよく見れば愛らしい顔立ちをしている。

ダイヤの原石ともいえる少女でもあった。

「ぼ、帽子っ！」

「え？」

「その、麦わら帽子か何か被《かぶ》った方が良《い》いかなって。暑いし、熱中症とか怖いからさ」

「あ、そうですね。最近とても暑くなってきていますし」

そんな何かを誤魔化すかのような隼人の言葉を、素直に忠告として受け取った三岳みなもは、これは無用心だったとシュンとなる。隼人としては言い訳のように述べただけの台詞《せりふ》だったので、そんな彼女の表情に罪悪感を覚えてしまう。

そんな何ともいえない空気を醸し出している2人の間に、突如ハンドタオルが差し込まれた。

「三岳さん、帽子もそうですけど、服装もどうにかした方がいいかもしれませんね。男子にはちょっと目に毒な感じになってしまっていますよ？」

「は……に、二階堂？」

「ふぇ？」

いつの間にか、にこにこと三岳みなもにハンドタオルを差し出す春希が傍に来ていた。

その視線は三岳みなもの胸元、汗で張り付いたブラウスにくっきりと浮かび上がった、レース模様へと注がれている。

「ぴ、ぴゃあぁあぁぁぁっ！」

指摘され、自分の状態に気付いた三岳みなもは、みるみるうちに顔を真っ赤にしたかと思うと、春希から受け取ったハンドタオルを胸に抱いて走り去る。

三岳みなもの背中を見送った後、ジト目の春希が隼人に向きなおり、ぼそりと呟《つぶや》く。

「…………スケベ」

「いや、その、ちが、これはだな……っ」

「…………えっち」

「そんっ……ええっと」

「……」

「………………………ごめん」

「ふんっ！」

それは、普段の春希らしからぬ言葉と態度である。

だけど、不穏な何かを感じ取った隼人は、反射的に謝ってしまうのであった。


午後の授業。

「平城京は７１０年、唐《とう》の長安《ちょうあん》を模倣して建造され、現在の奈良県の――」

昼下がり特有のどこか弛緩《しかん》した空気のある、日本史の時間。

しかし隼人の隣の席からは、不穏な空気が発せられていた。

「……ぷいっ」

「……はぁ」

その様子を窺《うかが》おうとして横を見てみるも、隼人の視線に気付くとすぐさま顔を逸らされてしまう。どうやら春希を拗《す》ねさせてしまったようだった。

（……困ったな）

原因は、ハッキリしている。

隼人が三岳みなもの汗で張り付いた制服の、女子特有のモノに視線が行っていたからだ。

そこについ目が行くのは年頃の男子としては本能的なことなので、何とか理解して許して欲しいところなのだが、どうやら春希的にはなかなか許容できないものらしい。

「――また、様々な制度も改革され、租庸調といった税制も……あー、これは先月やった飛鳥《あすか》時代と比較すると面白い。渡したプリントの――」

「……あ」

　声を上げる。それは隼人が持っていないプリントだった。

　転校してきてはや1ヶ月近く、クラスや授業にも馴染《なじ》み始めてきているものの、まだ時折こうして、隣の席の春希の世話にならなければいけないこともある。

「あーその、二階堂、さん……？」

「………ふぅ」

　絶賛へそ曲げ中の春希であるが、大きなため息を吐きつつもプリントを隼人の方に向けて机を寄せてくれる。

(そういや転校当初も似たようなことがあったな)

　確かあの時も今みたいに不機嫌だったけれど、なんだかんだと世話を焼いてくれた。

「はは、ありがとな」

「……む」

　なんだか一緒だなと、そのことを思い出し、小さな笑いが零《こぼ》れる。

　だけど春希はそんな隼人の態度がお気に召さなかったらしい。

「プリントですが、あの子と同じようにえっちな目では見ないでくださいねっ」

「んなっ!?」

眉《まゆ》をひそめつつ、プイと顔を背ける春希の小さいながらも鈴を転がすような声は、教室にもよく響く。そして一瞬の静寂の後、ドッと笑いの渦が巻き起こった。

「おいおい、霧島のやつ何やって」

「ちょ、どんな目だよそれ」

「霧島ー、セクハラはいかんぞセクハラはー、ほら授業の続きだ」

「てめっ……くぅっ……」

なかなか笑いの熱が冷めやらぬ中、隼人も羞恥《しゅうち》で顔を熱くさせて縮こまる。

隣の席の春希は相変わらずそっぽを向き、ふんっ、と鼻を鳴らしていた。

授業が終わるや否や、隼人は男子たちに囲まれた。

「おい霧島、いったい二階堂さんにどんな目を見せたんだ？」

「あの子って、やっぱ例の幼馴染の？」

「思わずそんな目になってしまうくらい過激なものを見たのか!?」

「いやその、待ってくれ俺は……」

彼らの目は一様に興味津々といった色を映しており、何かを聞きだすまで逃がさないと語っている。

その理由は、先ほどの春希の態度だろう。

清《せい》楚《そ》可《か》憐《れん》で文武両道、そして誰にでも優しく人当たりが良い。

そんな彼女の口から、誰かを咎《とが》めるかのような物言いが飛び出したのである。興味を持つなという方が難しい。

「なぁ霧島、エロい目って具体的にどういう目をしたんだ？　二階堂があんなこと言うほどだから、何か変なフェチでも曝《さら》け出したか？」

「も、森!?」

突如森が、隼人や周囲を煽《あお》るかのように、そんな爆弾を投下する。

「なるほど、そういうことか……実はオレ、腋《わき》が好きでな！」

「実はくるぶしのあたりのラインが気になって」

「…………鎖骨」

「だ、だから！　そんなこと言われても、俺はっ！」

そして男子が集まって、女子についての話が繰り広げられる。

どんどん遠慮もなくなり妙な方向へ、女子の目を気にせず広がっていく。そして隼人の席を中心に展開されたフェチ談議は、隣の席からさらなる燃料が投下され燃え広がる。

「胸ですよ、胸。霧島くんはおっぱいが大好きなんですって」

「ちょっ、はるっ、二階堂ーっ！」

それは半ば叫びに近い声だった。

男子たちからは「おおーっ！」「基本だよな！」「二階堂さんの口からおっぱい……！」といった喝采《かっさい》に近い声が上がり、女子たちからは「うわ、男子ってサイテー」「霧島くんも、ああ見えてやっぱり……」「でも写真の子は……ああ、そういう趣味ね」というヒソヒソ声が広がっていく。

事態は今朝のように混沌《こんとん》としたものになっていく。

春希はつーんといわんばかりに唇を尖《とが》らせている。

「勘弁してくれ……」

さすがに隼人も、自分の机で頭を抱えて突っ伏してしまう。

騒ぎはやがて男子と女子の不毛な言い合いに発展していき、見て見ぬふりを決める。だがそんな中で、森の驚きと困惑の入り混じった声が隼人の耳に入ってきた。

「……二階堂って、あんな顔もするんだな」

「森……？」

「あ、霧島。いやその、なんでもねぇよ」

どういうことかと思って春希を見れば、女子たちに交じって呆《あき》れた顔を男子たちに向ける姿があった。その目は少しだけ、隼人が見慣れた悪戯《いたずら》っぽさの色が含まれている。

（……なんだよ、もう）

何だか落ち着かない気分になる。

それを誤魔化すように頭を掻《か》けば、ふと春希と目が合った。

「――ふふっ」

「……っ、あいつ……」

隼人にだけ分かるように、どこか勝ち誇った顔でちろりと紅《あか》い舌先を見せる。

それを見ると不思議なことに、なんだか悪くない気分になるのだった。

◇◇◇

都会の夕陽は田舎の月野瀬と違い、山ではなくてビルを赤く染める。

幹線道路から住宅街へと入る道、大きなコンビニがある前で、姫子はクラスメイトたちと帰路へと就いていた。

「ばいばい、姫子ちゃん」

「じゃねー、霧島さん」

「そんじゃまたー」

「うん、皆《みんな》また明日《あした》ね」

早めに灯《とも》された数多くの街灯は辺りを照らし、都会の道は姫子の知る夕暮れよりも随分と明るい。しかし姫子の足取りは、夜道を歩く時の様に少しだけ重かった。

（今日も食べ過ぎちゃった……うぅ、美味《おい》しいけど単価高いんだよね……）

姫子はお腹をさすりながら、緩慢に足を動かす。

その理由は、コンビニスイーツにあった。月野瀬でお菓子と言えば、趣味でやっているとしか思えない個人商店で、日持ちしそうな駄菓子ばかりが置いてあるだけである。

翻ってこの都会のコンビニでは、賞味期限の短い生クリームなどをふんだんに使ったスイーツたちがズラリと並んでいる。

ただでさえ甘いものに対する耐性が低い姫子にとって、その誘惑は抗《あらが》えるものではない。

ちなみに姫子のクラスメイトたちが面白がって、あれもこれもと勧めていたりもする。

その結果、姫子のお小遣い事情は大変厳しいものとなってしまっていた。

「はぁ、ただい……ま？」

「おう、おかえり」

「……おかえり、ひめちゃん」

そんな姫子であるが、家に帰ると同時に首を傾げることとなった。

どこか困った様子で野菜を切り刻む隼人と、ぶすっとした顔でソファーで胸を隠すようにクッションを抱いている春希。2人の間には、どこか不穏とも言える空気が流れている。

ちなみに春希であるが、しっかりと靴下は脱いで素足である。胸を隠すと言っても三角座りをしているので、正面に回れば、ばっちり下着が見えてしまう程度のガードの緩さだ。

姫子の口から色んな意味が込められた、ため息が漏れる。

「えーと……はるちゃん、これは一体どうしたの？」

「ひめちゃん……隼人はケダモノだったんだよ……」

「は？」

どうしたことかと尋ねてみれば、返ってきたのは深刻そうな顔でギュッとクッションを抱きしめ、より一層胸を守ろうとする春希の言葉と態度である。

そんな幼馴染の姿を見せられると、一瞬にして姫子の冷静な部分は吹き飛んでしまう。

「も、ももしかして揉《も》まれたの⁉　おにぃがケダモノっていうか前から思ってたけど、はるちゃんそれなりにあるよね⁉　あたしもちょっとだけ触っていいっていうか御利益分けて下さい！」

「ひ、ひめちゃん⁉　違うよ、ボクじゃなくて園げ——ひゃん、そこお腹ーっ！」

「こら、何やってんだ姫子、やめなさい」

いったいどう解釈したのか、暴走しだした姫子は春希の胸を確かめようと襲い掛かる。

さすがに見てはいられないと隼人が引っぺがすが、その目は半ば本気の色をしていた。

「半分……いや3分の1でいいから分けて下さい！」

「む、無理だよーっ⁉」

「そこをなんとか！」

隼人はますます眉間《みけん》に皺《しわ》を寄せて、大きなため息を吐くのであった。

「ははぁ、なるほどね。おにぃが女子の胸をねぇ」

「それはもう、すごい鼻の伸ばしようだったんだよ」

「……勘弁してくれ」

夕食時の話題、それはひたすら春希と姫子による隼人弄《いじ》りであった。

既に姫子の誤解も解けており、また春希も、先ほどまでと違ってその声は揶揄《からか》う色に染まっている。隼人もそれが分かっているのか、肩身を狭そうにしつつ苦笑い。

今日のメインは茄子《なす》を小さく角切りしたものをひき肉と一緒に炒《いた》め、ニンニク、舞茸《まいたけ》、青唐辛子と一緒に醤油《しょうゆ》、みりん、オイスターソースと少量の味噌《みそ》で甘辛く味付けした、変則的なマーボーナスともいうべきものだった。

もちろん白米との相性も抜群で、隼人が自分の分を皿に取り分けず直接ご飯にかけて丼にすれば、春希と姫子もそれに倣ってばくばくと箸《はし》を進めていく。

「そういや、はるちゃん、その子ってそんなに大きいの？」

「う〜ん、小柄な子なんだけどさ、ボクより確実に2……いや3ランクは上かも？」

「な……っ、ただでさえあたしとはるちゃんで2ランクは離れているというのに⁉」

「あはは、正直ボクもそこに目が行っちゃってたんだよね」

「むう、それは仕方がないね。おにぃ、許します」

「……はいはい、話してばっかでなくて、ちゃんと飯も食ってくれよ」

「「はーい」」

そんなこんなで食べ終えてお茶で一服、春希も家に帰ろうかという頃にはすっかりいつも通りに戻っているのであった。今も隼人が食器の洗い物をしている間、姫子に負けず劣らず我が物顔でごろごろとリビングのソファーで転がってテレビを見ている。

（あー、そういうこと）

姫子は春希の心境を悟る。

昼間の件で何かしら拗《す》ねてしまったのだろう。だから仲直り、というか普段通りに接する切っ掛けが欲しかった。姫子はまんまとそれに乗せられたというわけだ。

「はるちゃんってさ、昔から素直じゃないよね」

「い、いきなりどうしたの、ひめちゃん？」

「べっつにー？」

姫子が呆れたように言って隼人の方に目を向ければ、春希は見透かされたと感じたのか、誤魔化すように身支度をし始めた。

「あー、うん、帰らないとね。今日もご馳走様《ちそうさま》でした、と」

「おぅ、おそまつさま」

「はるちゃん……」

よっこいせと身体を起こし、もそもそと脱ぎ捨てていたハイソックスを穿《は》きだす。

そんな春希の姿を見ながら、先程の話を思い出していた姫子は、ぼそりと他愛のない会話の延長だという風に呟《つぶや》く。

「そういやおにぃにも困ったもんだよねー。ここに可愛い女の子が2人もいるっていうのに、他の子に目が行くだなんてねー」

「あはは、そうだよね。まったく、ボクで妥協して満足していれ……ば………」

「ま、実際そんな目で見られたら困……はるちゃん？」

「……」

　どうしたわけか、急に春希の動きが止まってしまった。片方の靴下だけ穿いて、残る右のハイソックスを穿いている最中《さなか》の、なんとも中途半端な格好である。

　さすがの姫子も目の前で10秒以上もそのままで固まられれば、訝《いぶか》し気な表情になってしまう。

「はるちゃん？　おーい、はるちゃんってば」

「――っ！　ひ、ひめちゃん！　あ、あはは……う、うん、今日はもう帰るね！　見送りとか要らないから、んじゃっ！」

「はるちゃんっ!?」

　姫子の声で再起動した春希はハイソックスも中途半端なままに、妙に慌てた様子で勢いよく家を飛び出して行った。制止する間もない、あっという間のことだった。

　呆気《あっけ》にとられる姫子同様、ぽかんとした顔の隼人が、洗い物を中断して話しかけてくる。

「春希のやつ、帰ったのか」

「うん、そうみたい」

「送らなくて大丈夫なのか？」

「おにぃが一緒だと、胸をガン見されると思ったんじゃない？」

「……んなわけあるか。馬鹿言ってないで、風呂《ふろ》沸いてるから入って来い」

「はーい」

そんな軽口を叩《たた》きあいながら、姫子は脱衣所に向かう。タオルと着替えを用意しながら、先ほど軽口で自分が言ったことが、あながち間違いでもないのでは、と思ったりもする。

（おにぃ、もしかして今まではるちゃんをそういう目で……いやいやいや、ないか）

しかし姫子は、即座にそれを否定した。

普段家で見る春希の姿は、それはもうアレなものである。さして姫子自身と変わらないほどの寛《くつろ》ぎっぷりだ。そんな春希を、隼人が変に意識しているというところを見たことがない。むしろ自分《家族》を見る目とさほど変わりがない。

（逆に、はるちゃんがおにぃを意識し出しちゃったとか……あはは、まさかね）

ならばとそんなことを考えるも、どうしてか胸がモヤモヤしてしまって、これも否定する。その考えを振り払うかのように勢いよくセーラー服を脱ぎ捨てて、一糸まとわぬ姿になる。

するとふと、目の前に体重計があるのに気付いた。ここしばらく測っていない。

少しぽっこりしたお腹が目に飛び込み、一瞬の葛藤《かっとう》の後、恐る恐る足を乗せた。

「〜〜〜〜〜〜〜っ！！！？！？！？」

そして、声にならぬ悲鳴を上げてしまった。

「姫子、何があった、大丈夫か!?」

「バカ、来るな、覗《のぞ》くな、アホおにぃっ！」

「す、すまん！」

姫子は羞恥《しゅうち》でその場に蹲《うずくま》ると、今度は焦燥感から頭を抱える。

（ど、ど、どうしよう……っ!?）

およそ10日ぶりに乗った体重計の数字は、ここのところのコンビニスイーツの暴食のおかげなのか、およそ先日比＋10％近い成長率を示しているのであった。

◇◇◇

下弦の月が未《いま》だ東の空に現れない時間。

月明かりはないものの、街灯のお陰で夜道も暗くはない。

「はっ、はっ、はっ、はっ……！」

そんな道を少女が１人駆けていた。長い髪を振り乱して全力疾走。

明らかに異様な光景である。

その顔は首筋まで真っ赤なこともあり、きっと昼間なら多くの注目を集めていただろう。

「ただいまっ！」

春希はいつもと同じ挨拶《あいさつ》を暗闇に投げかけ、いつもと違いそのあるはずのない返事を確認しないまま、脱衣所へと飛び込んだ。

汗だくになったブラウスを直接洗濯機に投げ入れて、まだ温まりきらない冷たいままの状態のシャワーを頭から引っ被《かぶ》る。

「冷たっ⁉」

そんな当然のことを口にしながら、やがて温かくなってきたシャワーを浴び続ける。べたべたした汗はとうに洗い流され、身体はサッパリとしているのだが、胸にかかるモヤのようなモノはいつまで経っても晴れそうにない。

どうも先日から、ちょっとしたことでこんな調子になることがあった。

「うぅぅ……」

熱いお湯に打たれながら、昼間のことを思い出す。

それはクラスの女子たちの質問大会から、なんとか誤魔化せたなと思って離脱した後のこと。

秘密基地に赴くとそこはもぬけの殻で、それならばと隼人が良く行く場所として向かったのが野菜の植わった花壇であり、案の定そこに隼人の姿があった。

『はゃ……霧し――』

見つけるや否や声を掛けようとするも、どうしてかできなかった。

肥料袋を片手に花壇の畝を慣れた様子で手入れをし、時折優し気な声色で園芸部の女子――三岳みなもの世話を焼いている。彼女も隼人を頼りにしているのか、色々と熱心に質問をしている。

それは春希の知らない、隼人の姿でもあった。

（あーうん……、隼人って世話焼きなところあるもんね……）

秘密基地でこれからお昼は一緒だと約束したこと、無理矢理にでも自分を家へと送っていった時のこと、強引に春希をあの家に帰したくないと言って泊まらせた時のこと――そんな様々なことが脳裏を過《よ》ぎる。

目の前で隼人が行っていることは、この親友の美徳であり誇らしいとも思う部分だ。だというのに、何故か胸がチクリとしてしまう。

春希はそんな自分に戸惑いつつも、三岳みなもを観察する。

三岳みなもに関しては、中学も別ということもあって、知っていることはとても少ない。

大人しい性格で、背も春希より1回り以上小さいけれど、特筆すべき女性らしい膨らみを持っている。そしてどこか小動物っぽさを感じさせる、可愛げや愛嬌《あいきょう》さ。

それは隼人を前にした時の春希には持ちえない、女の子らしいものだった。

（あ、れ……）

なんだか嫌な感じがした。だけどそれが、どういうものなのかはわからない。三岳みなもと笑顔で土いじりに興じている隼人を見ていると、どんどん苛立《いらだ》ちにも似たものが募っていく。

そしてそれは、隼人が彼女の自分よりも大きなソレを見て顔を赤くした時に、我慢の限界を超えて、2人の間に割って入ったのだった。その後の態度は、春希も我ながら子供じみているという自覚はあった。ただ拗ねているだけのようなものである。

だから姫子には驚かされたものの、感謝もしていた。引っかかっている部分はあるものの、このまま気持ちもリセットされて明日には元通り——そのハズだった。

『あはは、そうだよね。まったく、ボクで妥協して満足していれ……ば…………』

他愛無い会話から、突如として己が感じていた違和感の答えを思い知らされたのである。

（隼人が取られると思っちゃったとか！）

それは幼稚な、やきもちともいえない、独占欲に似た何かである。

春希としても隼人は健全な思春期男子であり、そういう風なものだということは頭では分かっている。理解しているからこそ、揶揄《からか》っている。そして隼人にもそんな春希のことを分かってもらえているという信頼と確信もあった。

それでも、自分以外の女の子に照れるような顔を見せたのが、気に入らなかったのだ。

（ボクだって別に、小さくは……）

そんなことを思ってしまい、誤魔化そうとシャワーを強めるが、既に一番強くなっていた。

「あー、もうっ！」

生まれてしまったモヤモヤをどうにかしようと、ガシガシと全身を強く泡立て洗っていくが、一向に動悸《どうき》は収まる気配はない。

今日のシャワーも長くなりそうだった。

「あー、あつい～」

シャワーを長く浴び過ぎた身体は、のぼせ上がる寸前だった。

このままでは堪《たま》らないと冷凍庫からアイスを取り出し、部屋に戻ってクーラーをつける。

「ぁ痛っ、でもおいしーっ」

一気に齧《かじ》りついたアイスのお陰で頭痛を引き起こすがそれも一瞬、ばくばくと勢いよくアイスを頬張っていく。

未だに悶々《もんもん》としたものが胸に残っていたこともあり、それはヤケ食いともいえた。

（とにかく、隼人が悪い！）

色々と感情を掻《か》き乱されながら考えた結果、そんな結論に至る。完全に八つ当たりであり、大人気ないのは承知の上だ。だけど、そうせずにはいられない。

それだけ、春希の心は大変な状態だった。

春希にとって隼人に振り回されるのは、昔から変わらない。しかし決して、昔と同じようにはいかない。それを痛感する。だけどこれも、別に悪くないかなと思ってしまっていて——春希はそんな自分に一番呆《あき》れたりもしていた。

「……はぁ」

食べ終えたアイスの棒を咥《くわ》えながら、器用にため息を吐く。ぽすんと座ったクッションの上で胡坐《あぐら》をかいて、周囲を見回す。

雑然と床に置かれている漫画にゲーム、ローテーブルの上には作りかけのプラモデル。

最近増えたコスメにファッション雑誌、そして女の子らしい服。それらが物寂しく散らかっている。

「…………」

部屋は無音だった。もう何年も変わらない、慣れたはずの、いつもと同じ静寂だ。

だというのに春希は、どうしてか隼人と姫子が居る騒がしい霧島家のマンションと比べてしまって、眉《まゆ》を眉間《みけん》に寄せた。胸も何故だか騒《ざわ》めいている。

〜〜〜〜♪

「っ！」

その時、滅多に鳴ることのないスマホが通知を告げた。ビクリと肩を震わせ、慌てて出る。

『…………はるちゃん』

「んんっ、なんだ、ひめちゃんか。ど、どうしたの？」

『……はるちゃんは大丈夫？』

「えっと、何が、かな……？」

姫子の声はやたらと暗く、深刻な声色だった。どういうことかわからない。

それがなんだか、春希は先ほどまでの自分の心を見透かされたかのように感じてしまい、その鼓動は否応《いやおう》なしに速くなってしまう。

『……あたし、――キロも体重増えた』

「――っ」

そして春希は言葉を失った。思い当たる節は十分にあった。

『はるちゃん、今日もおかわりしてたよね……？』

「あっ、あっ、あっ、あっ……！」

最近、隼人の家で夕食を共にするようになって、ごはんがやたらおいしく感じていた。

今まで栄養の摂取とばかり機械的に摂《と》ってきた食事と違い、皆《みんな》で食卓を囲んで話しながら食べると、ついつい箸《はし》も進むしおかわりをしてしまう。

そして今のように、家に帰って来てからも１人で悩んでアイスをヤケ食いする日も増えていた。

『はるちゃんは、どうかな？』

「待って、ちょっと待って、ボクはその大丈夫かも？　うん、きっと。大丈夫なはず」

『現実見よう？　手遅れになる前になんとかしよう？　今すぐ測ろう？』

「あ、あはは、そんな大丈夫だって……」

そんなことを言いつつも、このところお腹周りや二の腕付近に不穏なものを感じているのも事実だった。

会話をしながら脱衣所に戻った春希は、洗面台にスマホを置き、体重計に足を乗せようとして一旦《いったん》止める。そしてやおら服を脱ぎだし、一糸纏《まと》わぬ姿となる。それはたとえ数百グラムだとしてもという、些細《ささい》な抵抗だった。

「み゛ゃ〜〜〜〜〜っ！！？！！？！？」

しかし現実は非情。

姫子と同じく春希も、先日比およそ＋10％近くの成長率を示しているのだった。

『ふふっ、ダイエット同盟結成だね？』

洗面台のスマホから、仄暗《ほのぐら》くも同志を引きずり込まんとする姫子の声が響き渡る。

春希は心だけでなく身体も確実に変化させており、芽生え始めた乙女心はより一層、大変なことになっていくのであった。

第２話

未経験

『おにぃ、あたしたちダイエットするから』

『そうか、がんばれ……って、たちってことは春希《はるき》もか？』

『うん。だから夕飯のダイエットメニュー、よろしくね』

『はぁ、俺そんなレシピ知らねーぞ？』

というやり取りがあったのが昨夜のこと。

隼人《はやと》はそのことを思い出しながら通学路を歩く。

姫子《ひめこ》と、そして春希の姿を思い浮かべる。２人ともダイエットが必要とは思えないのだが、鬼気迫る様子の姫子に、とてもじゃないがそんなことは言えなかった。

（俺のレパートリーって、基本的にツマミとかそういうものばかりだからなぁ）

隼人にとってダイエットという単語は、今まで無縁のモノだった。

月野瀬《つきのせ》において、車は１人１台が当たり前という田舎である。ちょっとした買い物などでも、どこに行くにしても距離があり、まだ学生である隼人はひたすら徒歩か自転車を強いられていた。運動不足なんて考えたこともなく、食事のカロリーがどうだとかなんて、考えたこともない。

悩ましい問題だった。そもそも姫子とは当番制だっただろ、と小声で毒づく。

再び春希の姿を思い浮かべる。

胸こそ平均よりは少しだけ控えめだが、女子特有の丸みを帯び、健康的で均整の取れた肢体をしている。あれはきっと、様々な努力の上で成り立っているのだろう。

『隼人って、料理得意になってたんだ』

『ぐう、これが胃袋を摑《つか》まれるという感覚か……』

『やっぱり1人より皆で食べた方がいいね』

そして同時に、自分の作った料理をおいしそうに頬張る春希の姿が脳裏を過《よ》ぎる。

なるほど、確かに肥えさせてしまった責任があるかもしれない。

「これを機にレパートリーを増やすのもいいかな」

意気込みを語るかのように、敢《あ》えて口に出してみる。隼人の口元は機嫌良く緩んでいた。

登校してから朝のショートホームルームまでの時間。

隼人は時間に余裕がある日は、なるべく野菜の植わった花壇に顔を出すようにしていた。

月野瀬に居たときのように、土いじりをしていると落ち着くというのもある。また、よく早とちりをする三岳《みたけ》みなもの誤解をとくために、足を運ぶことも多い。

「草むしりか？　手伝うよ、三岳さん」

「あ、霧島《きりしま》さん！」

果たしてそこでは、今日も三岳みなもが野菜の世話に勤《いそ》しんでいた。

ちなみにここ最近は、もっぱら草むしりばかりである。この時期は油断していると、すぐに雑草まみれになってしまうのだ。

せっせと手分けをすれば、ほどなくしてむしり終わる。

わざわざ袋に入れるほどの量でもない。頑張れば片手でも持ててしまう程度なので、そのまま抱えて集積所の方へ持っていけば、朝の世話もおしまいだ。

「これで全部かな？」

「はい、ありがとうございます」

頬にちょっぴり土をつけた三岳みなもが、笑顔で答える。

彼女の今の格好は、体操服に麦わら帽子と軍手、オシャレとは程遠い月野瀬女子（※主に子供のジャージを着ている）スタイルで、より一層、隼人は親近感を覚え頬が緩む。

　だからだろうか？　正直、ダイエットメニューなんて想像もつかないという悩みもあって、何となく世間話をする調子で話を振った。

「三岳さんはさ、ダイエットってしたことある？」

「ふぇっ⁉　わ、私太ってますか……？　だ、ダイエットした方がいいですかっ⁉」

「ち、違う、妹が！　俺の妹がダイエットに協力しろって！　三岳さんはその、全然必要ないよ！」

「ご、ごごごめんなさい、また早とちりして……あうぅぅ……」

　相変わらずの早合点をされるものの、落ち着いてくると首をコテンと傾げながら、うーんと唸《うな》って、一緒になって考えてくれる。良い子である。

「やっぱり、重要なのは運動と食事でしょうか？」

「俺に求められているのは食事だな。作ってるの俺だし。けど作れるのが、まぁいわゆる味付けの濃い、男飯とかツマミとか、そんな感じなのばかりなんだけど」

「あ、霧島さんも料理をなさるんですね。そういえば先日も茄子《なす》の一夜漬けのレシピ、すごく助かりました！」

「はは、それはよかった。俺は昔から必要に迫られて……母親がちょっとね」

「あ、もしかしてこの間の病院って……」

そう言って、三岳みなもは目を瞬《しばたた》かせたかと思うと、隼人を覗《のぞ》き込む。

不思議な表情だった。

感心とも共感とも言える目をしており、それはいったいどんな意味を持つのかと思っていれば、ふとその表情がふにゃりと笑顔に変わる。

「霧島さんは、良いお兄ちゃんなんですね」

「なっ⁉ 急になにを、って。べつにそういうんじゃないっていうか！」

「ふふっ」

今度は隼人が慌てふためく番だった。三岳みなもは洒落っ気こそないものの、ダイヤの原石ともいえる可愛らしい顔立ちをした女の子である。

だからその言葉と笑顔は、身内以外の同世代の女子には極端に耐性の低い隼人を、ドギマギとさせるには十分な威力があった。

「慣れないことでも、誰かの為に頑張れることって、すごく素敵だと思います。うちも、おじいちゃんが……」

「……三岳、さん？」

それは様々な感情が混じった声だった。

少し切なそうな顔であらぬ方向——病院のある方に視線を向けられると、すぅっと思考も冷え込んでいく。きっと彼女にも、人に言いにくいことがあるのだろう。

隼人は、ああくそ、と頭をガシガシ掻《か》いて、三岳みなもに向き直る。

「……さっきさ」

「はい？」

「俺も料理するんだって言ったってことは、三岳さんもするのか？」

「ええ、まぁ」

「別にダイエットメニューとかそういうのじゃなくても良いからさ、何かお勧めレシピあったら教えてくれよ」

「構いませんけど……その、私のはおじいちゃんとかが好きそうなやつというか……」

「ならダイエットにも良さそうだ。脂分とか少なそうだし」

「あ！　……くすっ、そうかもしれませんね」

お互い顔を見合わせ笑い合う。でも互いに何かが引っ掛かっている。

まだまだ知り合って日も浅く、相手のことなんてわからない方が多い。

だから、何かしらの取っ掛かりが欲しかった。

「では今度は私が、メッセージでレシピを——あ！」

「うん…………うんっ⁉」

校舎裏。そこにある集積所。

そこは掃除の時間でもなければ、まず生徒が訪れるような場所でもない。

だというのにそこには、どこか張りつめた空気を醸す1組の男女の姿があった。

さすがに、これがどういう状況なのかわからない隼人ではない。

（こ、告白か？　告白シーンなのか⁉）

隼人は初めて目撃する男女に関するそういった出来事に、完全に動揺してしまっていた。

見てはいけないいんじゃ、でも気になる。覗き見はいけない、だけど動くと見つかるんじゃ？　そんな相反することが頭の中でぐるぐる巡り、混乱はどんどん深まるばかり。

「あ、あの男性の方、海童《かいどう》さんですね」

「海ど……え？」

「海童一輝《かずき》、すごくモテることで有名なサッカー部の人ですよ」

「へ、へぇ……」

平時と変わらぬ声色の三岳みなもに言われて初めて、相手をよく観察してみる。

スラリとした高い身長、部活で鍛えられ引き締まった肉体、そして切れ長の瞳《ひとみ》に爽《さわ》やかな雰囲気の顔立ち。確かに男子である隼人の目から見てもイケメンで、いかにもモテそうだというのがよくわかる相手だった。女子に人気があるのもわかる。

だというのに三岳みなもはやけに冷静だった。それが隼人の混乱に拍車をかける。

そして三岳みなもは結果がもうわかっているとばかりに、平淡な、そして少し困ったような声色で、この先のことを予言した。

「じきに女子の方がお断りされてどこか行きますよ、ほら――」

「あ……」

三岳みなもの言う通り、やがて女子は肩を震わせたかと思えば、この場を去っていく。

後には、すまなそうな顔をした男子――海童一輝が佇《たたず》むのみ。

隼人にとって誰かを呼び出して告白するなんていう、都市伝説じみたシーンに遭遇しているというのにもかかわらず、彼も、そして三岳みなもも、この状況にやたらと慣れている様子だった。

それが妙に気に掛かり、そして混乱した頭のまま、隼人は素直な疑問の言葉を零《こぼ》す。

「……どうして？」

「ええっと慣れ、ですよ。私も最初は驚きましたけど、ここ、結構な告白スポットの様でして。あ、その、海童さんだけではありませんよ？」

「そう、なのか？　でもフラれるっていうのもよくわかったな。かなり可愛い子だったしさ」

「確かに今のは2年の高倉《たかくら》先輩で、私も少々驚きましたけど、女子の間で有名な話があるんです――」

未《いま》だに誰かと付き合ったことのない隼人は、告白という単語ですら、どこか遠くの異国の言葉に聞こえてしまう。しかしその後に続く言葉は、更に理解出来ないものだった。

「――海童さんの本命は二階堂《にかいどう》さんだって」

「…………え？」

それは隼人の思考を吹き飛ばし、頭を真っ白にさせるのに十分な言葉だった。

三岳みなもと別れた隼人は、半ば放心状態で教室に向かっていた。

（春希が本命、か……）

二階堂春希はモテる。それは転校初日に森《もり》からも教えられたことだし、実際隼人の目から見ても、なるほどなと納得する容姿だ。

皆《みんな》に慕われ頼りにされて、いくつかの手伝いをしている所も目にしている。

しかし再会して以来、隼人の前ではずっとかつてと同じノリで接してきた。

それだけでなく、春希は隼人に他の人には見せないような弱い部分も見せている。

手は掛かるし厄介なところもあるけれど、危なっかしくて放っておけないやつ――それが隼人にとっての春希という存在だ。

だから、いまいちモテると言われてもずっと実感がなく、先程の三岳みなもの言葉も、本当かどうか疑わしくさえ思う。

「おはよー……っす？」

「よっ、ひんぬーマニア霧島」

「勘弁してくれ、森。で、アレは何だ……？」

教室に入ってきた隼人の目に飛び込んだのは、あちらこちらで真剣な、そして深刻そうな顔を突き合わせている女子たちの姿である。一方で男子はといえば、普段通りの様相を演じながら、どこかそわそわとしていて落ち着きがない。

隼人は昨日色々と弄《いじ》られたこともあり、また今日も弄られるのかもと少しばかり身構えていたこともあって、若干拍子抜けだった。

「あーまぁ、なんだ、耳を澄ませばわかる」

「……はぁ」

森の言うことが今一つわからず、首を捻《ひね》りながら自分の席に向かう。

必然的に隣の席の春希のグループに目が行き、会話も耳に入ってくる。

「やっぱり一番怖いのはリバウンドかな」

「むしろ痩《や》せてからが本番まであるね」

「あ、コレだけを食べる系は、マジあれは詐欺だから」

「ふふっ、激しい運動系は罠《わな》よ。空腹はね、最高のスパイスだっていうのがよくわかっただけだったわ……」

「あーし、夏休みまでに絶対、あと5キロ痩せるんだ……」

「夏服はどうしても身体のラインが出るもんね……」

「今年はッ！　受験のない、高1の、今年こそはきっと……ッ」

「ふんふん、つまり適度な運動と食事に気を付けるのが一番いい感じなんですね」

女子たちに囲まれた春希は、真剣な様子でダイエット談議に花を咲かせていた。

彼女たちの中には経験則からの言葉もあり、話にも俄然《がぜん》、熱がこもっていく。

また夏休みも近いということから、水着やファッションの話題へと広がるだけじゃなく、

彼氏が欲しいだとか恋がしたいだとかいう台詞《せりふ》も口に上がっている。それが男子を落ち着かなくさせている理由なのだろう。

「とまぁ、ダイエットだそうだ」

「うちの妹もダイエットだって騒いでたな、流行《はや》ってるのか？」

「夏だし、そういう時期じゃないのか？　よし、1つ忠告しておいてやろう、ダイエット中の女子は情緒不安定だ。だから手負いかつ飢えた獣かなにかだと思え」

「随分と実感がこもってるな」

「はは、彼女がそうでさ」

「そういや彼女が居るって言ってたっけ。付き合い長いのか？」

「んー、中学終わりからだから、それほど長いわけじゃ……ただ幼《おさな》馴染《なじみ》だからなぁ。そういう意味での付き合いが長いっちゃ長い」

「………ふぅん？」

思わず変な声で返事をする。森の言葉は、なんだか不思議な感じがした。

隼人にとって幼馴染といえば春希である。

確かに春希は美少女だ。性格だって本性ともいえる部分も知っており、仲も良好だ。

しかし、付き合いたいかとか恋人になりたいかと問われると、どこかピンとこない。

そのくせ、先ほど海童一輝というイケメンが春希のことが好きだという噂を知らされて、モヤモヤしてしまっている。

「……なんだかよくわからないな」

「やったらわかるかもよ？　オレたちもしてみるか、ダイエット」

「しねーよ」

「ははっ、んじゃもう1つだけアドバイスだ。お腹を空《す》かせた女子にはな、胸をいっぱいにしてやるといいぞ」

「は？」

「頑張ってるのを褒めて、甘やかして、スキンシップしてやればいいんだよ」

「は……妹にそんなこと出来るか、って、惚気《のろけ》か！」

「わははっ」

そんな森と微妙に話の噛《か》み合わないやり取りをした後、自分の席に座る。

隣を見れば普段と変わらない――とてもダイエットが必要とは思えない春希の姿が目に入る。

しかし女子同士熱心に話し合い、そして笑い合いながらもダイエット談議に耽《ふけ》る姿は、どこにでも居そうな、ごく普通の女の子にも見えた。今まで1人だったと言《い》い、高嶺《たかね》の花の優等生という擬態で壁を作ってきた春希にとって、これはとても良い傾向のはずだ。

だというのにどうしてか、それを認めたくなくて――だからその挨拶《あいさつ》は、随分とぶっきらぼうになってしまった。

「……おはよ」

「あ、おはようございます、霧島くん」

「――ッ」

にっこりと、昨日のことなど何もなかったかのような、嫋《たお》やかな笑み。見惚《みと》れるほど完《かん》璧《ぺき》な、二階堂春希の笑顔。だというのに隼人の顔は、ますますしかめっ面になってしまう。

それに気付いた女子が、呆《あき》れるような声で茶々をいれる。春希によく話しかけている、クラスでも中心にいる1人で、ショートボブの明るい髪と性格の女子だ。

「もぅ霧島ってば、昨日二階堂さんに言われたことをまだ気にしてんの？　はいはい、男子がおっぱい好きなのなんて皆知ってることだから、特に誰も気にしてないって」

「っ⁉　いや、その、俺は……」

周囲からも「ほらほら、顔が怖いぞー」「笑って笑って」「あーしもほら、昨日はちょっと悪ふざけが過ぎたっていうかー」といった、隼人をフォローするような、春希を擁護するかのような声が上がる。そして、申し訳なさそうな顔をする春希と目が合った。

「あの、昨日はごめんなさい、霧島くん」

「……別に、怒ってねぇよ」

しかし隼人は、ガリガリと頭を掻《か》いてそっぽを向く。

隣からは揶揄《からか》うような笑い声が聞こえてきた。

昼休み。いつもの秘密基地。

そこで隼人と春希は、お互いにしかめっ面を突き合わせていた。

「うぅぅ〜〜〜」

「…………」

春希の恨みがましいともいえる視線は、隼人の弁当箱へと注がれている。

昨晩の残りのマーボーナスを弁当用にと濃い目に味付けし直したものをメインに、小松菜のゴマ和《あ》え、彩りにプチトマトとブロッコリー、そして刻みネギの入ったふんわりだし巻きが入ったそれは、冷めていても食が進みそうな内容だ。

翻って春希のお昼はといえば、1本68㎉！と銘打たれたサラダチキンバーと野菜ジュースのみ。

弁当に視線を釘付《くぎづ》けにしながらサラダチキンバーを食《は》み、くぅと可愛らしくお腹を鳴る音を響かせれば、隼人もはぁ、と大きなため息を吐いてしまう。

「……一口食うか？」

「た、食べないよっ！」

「でも春希」

「よ、４キロも増えてしまいまして！」

「……春希？」

今度はいきなり恥ずかしそうに頬を染め、俯《うつむ》きながら目を逸《そ》らす。

４kgという数字は結構大きいものに感じるが、やはりパッと見たところ、その違いは分からない。隼人は首を捻り、眉《まゆ》をひそめる。

「……そんなに変わったとは思えないんだけどな」

だから無理して痩せる必要はないんじゃないか——言外にそんな意味を含めながら、先ほど春希が女子たちと一緒に仲良さげにダイエット談議をしていたことを思い出し、今度は隼人がそっぽを向く。

しかし春希はことの深刻さがわかってないと言いたげに、声を荒らげるのだった。

「隼人っ、４キロがどれほどのものか全ッ然、わかってない！」

「な、なんだよ」

「いい？　牛乳パックなら４本分、週刊漫画雑誌なら６〜７冊分、中玉のスイカやお米袋の小さい奴に近いくらいのお肉が！　身体に！　付いちゃったの！」

「お、おぅ、それは……」

４kgと言われてもいまいちピンとこなかったが、具体的にどれくらいのモノなのかと言われると、なるほど確かに深刻だ。思わず春希が牛乳パック４本や雑誌数冊、中玉スイカを抱える姿を思い描き、それだけ増えてしまったと想像する。

なるほど、姫子も悲鳴を上げてダイエットすると言い出すはずだ。

それだけの贅肉《ぜいにく》を看過するのは難しい。女子たちがあれほどダイエットに執心する気持ちが、少しだけわかった気がした。

現に目の前の春希も、ピリピリとした空気を出してしまっている。

しかめっ面のまま、そのくせ時々視線は弁当と隼人の顔とそれ以外のどこかを行ったり来たりで忙《せわ》しない。そんな様子でチラチラ見られれば、どうにも落ち着かない気分になって、眉間《みけん》にも皺《しわ》が寄ってしまう。

「あの、えっと……」

「ん？」

「怒ってる……？」

「……は？」

予想外の言葉だった。いきなり春希がそんなことを言いだし、面食らう。

どこか不安そうな表情で、顔色を窺《うかが》うかのように上目遣い。

「だって隼人さ、今朝からずっと険しい顔してる」

「いや、これは……」

「ボクもさ、昨日はちょっとやり過ぎたかなぁって。その、ごめんなさい……」

「何を……」

　隼人はらしくないな、と思った。いつもの春希なら、そんなことは些細《ささい》なことと言い切って気にも留めないに違いない。そして隼人を振り回すのだ。

だというのに目の前の春希は、弱々しく縋《すが》るような目をしている。

（情緒不安定になる、か……）

　今朝の森の言葉を思い出す。その時の対処法も。

『女子の間で有名な話があるんです、海童さんの本命は二階堂さんだって』

　だがそれは、中々ハードルの高いことでもある。

　その時どうしてか、三岳みなもの言葉を思い出してしまった。

「春希っ！」

「え……みゃっ⁉」

　衝動的な行動だった。自然と伸びた右手は、春希の頭を捉《とら》えて掻き混ぜて、そしてゆっくりと髪を掬《すく》うように撫《な》でまわす。

隼人も、そして春希も大きく目を見開き言葉に詰まる。

驚くほど触り心地のよい髪だった。絹糸の様になめらかで、指の間をサラサラと零《こぼ》れてくすぐれば、夢中になって撫で続けてしまう。

春希も撫でられるのが気持ちいいのか、次第に険しかった目元もどんどんトロンと垂れ下がっていき、隼人の手にされるがままになっている。

隼人自身、我ながららしくない行動だと思うのだけれど、どうしてか手は止まってくれない。なんだか胸にむず痒《がゆ》いものを感じてしまい、それがそのまま言葉になって零れる。

「……髪」

「う、うん」

「無理なダイエットすると、栄養が足りなくなってパサパサになるというよな」

「そ、そうだね、気を付ける」

「それはイヤだな」

「え………う、うん」

「ほどほどにな。応援してるから、無理せず焦らずに頑張れ」

「ん、頑張る」

「あー、そのなんだ、何か癖になるくらい良い髪だな」

「そ、そう？　えへへ……これからもお手入れがんばりゅ」

「っと、あまりやり過ぎると髪型も崩れるだろうしな、これくらいで――」

「――ぁ」

撫でているうちに徐々に冷静になってきた隼人は、若干恥ずかしさの方が上回ってしまい、名残惜しいと思いつつも手を離す。

すると、春希は物悲しそうな声を上げた。

夢中になっていたモノを途中で取り上げられて、悲しいと言わんばかりの声だった。どうしてこんな意地悪するのと、切なそうな懇願する瞳《ひとみ》を向けてくる。

「隼人……」

「は、春希？」

「……」

「……」

そして見つめ合う。

春希は潤んだ瞳のまま、隼人の手から解放されて、徐々に冷静さを取り戻していったのか、どんどん頬だけでなく顔全体を羞恥《しゅうち》で赤くしていく。

「……み」

「み？」

「み゙ゃあ゙ぁあ゙あ゙ぁぁあ゙ぁーっ!!」

「春希!?」

そして堪《こら》え切れないとばかりに鳴き叫んだ。

「な、ななな何を!?　こわっ、隼人こわっ！　こ、こんなテクいつの間に覚えたの、っていうか今まで何人毒牙《どくが》にかけてきたのさ!?」

「待て落ち着け、毒牙も何も月野瀬に同世代の人はほぼいないというか、精々姫子の他は羊か猫しか撫でたことがない！」

「ひ、ひめちゃんにヤッたんだ!?　それアレだ、アレはそのアレで本当にアレだよ!?」

「言い方!?　あーもう、ったく！　ははっ！」

春希はよほど先ほどの自分が恥ずかしかったのか、いっぱいいっぱいになった証拠にア、アレを連呼して何かを誤魔化そうとしている。

だけどそれがいつもの春希らしくて、なんだか笑い声が出てしまった。それを見た春希はぷくりと頬を膨らませて、もぅ！　と抗議の鳴き声を上げる。

そんな、いつも通りの2人に戻っていた。

「まったく、ボクはそういう褒められたりとか甘やかされることに慣れてないんだからね！　特に頭を誰かに撫でられた記憶なんてないしね」

　春希は、あははと困った顔で笑みを零す。一瞬、何を思い出してなのかその顔に暗い影が差すが、隼人はそれに気付かない。少し不貞腐《ふてくさ》れた声色で言葉を返す。

「……あーその、意外だな、モテるんだろ？　その、告白とかされて、そういうのって言われ慣れているもんだと」

　そう言って、隼人の胸が軋《きし》む。それは気になっていたことだった。

　ここぞとばかりに聞いてみるも、即座に知りたくないという感情に襲われて、聞くんじゃなかったという後悔にも襲われる。自分に呆《あき》れて眉間に皺が寄る。

「ないよ。告白されたことなんてないよ。そもそも、されないように立ち回ってきたからね。だからスマホのＩＤも基本的に誰かに教えないようにしてるしさ」

「そう、なのか……」

「スキャンダル」

「うん？」

「芸能人ってさ、誰それと付き合ってるだとか、付き合って仕事がどうだとかさ、色々とそれだけで大きな問題になるよね」

「そう、だな……？」

「だから私は、良い子の二階堂春希は誰かと付き合っちゃダメなんだよ」

「……そうか」

突然の春希の言葉に、隼人は困惑する。

なんとなく言いたいことは分かるが、その裏にあるものまでは、7年の空白が邪魔して読み取れない。それがひどくもどかしい。

よほど隼人の顔が険しくなっていたのだろう。

それに気付いた春希は、あははと笑顔を作って誤魔化して、この話はこれでお終《しま》いとばかりに強引に話題を元に戻す。

「まぁとにかく、健康の為にダイエット頑張らないとね、健康の為に」

「健康の為に、か。姫子も頑張ってるしな」

「うん」

健康の為を強調する春希。色々と気になることはある。

だけど春希が誰かと付き合ったことはおろか告白もされたことがない——そのことに隼人はひどく安堵《あんど》しているのであった。

第3話　思わぬ貰いもの

夜、というにはまだ早い、日の入り前の黄昏時《たそがれどき》。

　霧島《きりしま》家の食卓では、２人の少女から不満の声が上げられていた。

「おにぃ、ないわー。この絵面は酷《ひど》い」

「いやぁ、これはさすがにボクも……うん……」

「……わかってる。さすがに俺も、自分でもどうかと思ってる」

　ダイニングテーブルに広がっているのは、塩が振られた枝豆にスライスされた冷やしトマト、ピリ辛味噌《みそ》だれを添えられたカットきゅうりに、メインは玉ねぎと青ネギを散らした鳥皮ポン酢。そして白米の代わりに冷ややっこ。

　正にビールがあれば完璧《かんぺき》と言わんばかりの、飲み会メニューである。

「そうだった……おにぃが作れるのは、お酒のおツマミ系に偏ってるんだった」

「あ、あははー……隼人《はやと》にも、うん、あははー……」

「ま、まぁ見た目はアレだが、ダイエット向きではあると思うぞ？」

そんなやり取りがあったものの、春希《はるき》も姫子《ひめこ》も何だかんだと言いながら、しっかり完食していた。味の方には文句はなかったらしい。

一応、隼人なりにもダイエットに良さそうなものはと、調べてはいた。

しっかりたんぱく質を摂《と》って、カロリーと糖質を抑え、食物繊維をたっぷりという基本に則《のっと》ったメニューをレパートリーの中から選んだ結果が、あの酷い絵面と言われた夕食のメニューだった。

自分の部屋に戻った隼人は、自分のベッドにゴロリと寝転びながら考える。

「うーん、ダイエットメニューなぁ……」

やはり作る以上、喜んで食べてもらった方が嬉《うれ》しいというのが本音だ。

だが考えてみるも、なかなか妙案が思い浮かばない。

（相談してみるか……）

そう思った隼人は、三岳《みたけ》みなものアドレスを呼び出す。夕飯時に撮った画像を添付して『不評でした』と一言添えてメッセージを送る。

待つこと10分と少し。苦笑いした顔文字がぺたりと貼り付けられた返事が来た。彼女の困惑が感じ取れる。少し考え、返事を送った。

『すまん、何とも言いづらいものを送ってしまった。ダイエットといえば野菜メインというイメージがあって……何かないだろうか？　妹に文句を言わせたくない』

『そうですね……夏野菜の揚げびたしとか、おいしくていいと思うのですが……』

『それって一度油で素揚げして、出汁《だし》に漬けこむのか？　うぅーん……』

『カロリー面でちょっと、ですね。すいません、力になれなくて』

『いや、それはそれで美味《おい》しそうだ。よかったらレシピを教えて欲しい』

『はい、今度送っておきますね』

『ありがとう』

そんなやり取りを経て、ムクリと身体を起こし、頭を掻《か》く。

他に連絡先を見てみるも、森《もり》の他にクラスの男子の名前がいくつかあるのみ。とてもじゃないが、ダイエットメニューの意見が出てくるとは思えない。

（そもそも女子の知り合いがなぁ……あ、そういえば）

ふと思い立ち、姫子の部屋へと向かった。廊下を挟んですぐ向かいだ。

「姫子、ちょっといいか？」

「っ！　い、いきなりなに!?　急にドアを開けないでよね！」

「っと、すまん」

返事を待たずに扉を開けると、そこに胡坐《あぐら》をかいて両手を合わせてぐぐと力む、姫子に吠《ほ》えられた。目の前には広げられた雑誌。なにかのストレッチの最中のようである。どうやらあまり見られたくない姿のようで、ぐるると唸《うな》り、早く用件を言えと威嚇してくる。

「村尾《むらお》さんのＩＤとか教えてもらえたらなぁ、と」

「はぁ？　沙紀《さき》ちゃんの？」

隼人の言葉が意外だったのか、姫子は怪訝《けげん》な顔で眉《まゆ》をひそめた。

そして兄の真意を探ろうとひとしきり見回し、１つ大きなため息を吐く。

「おにぃ、さすがにモテないからって、妹の友達に手を出そうとするのはどうかと思うの」

「ばっ、んなつもりじゃねぇ！　ただ、その、聞きたいことがあってちょっと連絡先をというか……っ！」

「どうだか。それにあの子、おにぃのこと基本的に苦手にしてたからなぁ」

「う、そういやそうだった……」

姫子の親友、村尾沙紀と隼人は、ギクシャクした仲だった。顔を合わせてもよく姫子の背中に隠れられたし、学校や道端で１人の時に出会っても、そそくさと逃げられることも多い。姫子には幾度となくイタズラか何かしたのかと問い詰められたものである。

　それを思い出してがっくりと項垂《うなだ》れた隼人を見た姫子は、またも大きなため息を吐く。

「はぁ……一応、あたしから沙紀ちゃんにおにぃのアドレス教えとくから。返事がくるかどうかは沙紀ちゃん次第だからね」

「……頼む」

　そして姫子に、シッシッと手で追い払われ、部屋を出る。

　村尾沙紀との繋《つな》ぎに失敗したと思った隼人は、スマホを部屋に置いて、せっせと洗い物などの家事をこなし、その間に沸かしていた風呂《ふろ》へと向かった。


　ぴちょん、と水滴がタイルを叩《たた》く。

「……はぁ、どうしたもんかなぁ」

　湯船につかりながら天井を仰ぐ。先月まで居た月野瀬《つきのせ》の家と違う、窓のないマンションの風呂場に隼人のため息が溶けていく。

　脳裏に思い浮かべるのは妹《姫子》の親友、村尾沙紀。

　幼さがまだ残る整った顔立ち、生まれつきの日本人離れした色素の薄い透き通るような白い肌に、輝くような亜麻色の髪。村に平安時代から続く神社の娘ということもあって、神秘的な容姿をしている幽玄的で綺麗《きれい》な少女である。

性格は騒がしい姫子とは正反対におっとりとして温厚で、いつもにこやかな笑みを絶やさない。

月野瀬の年寄りたちからは孫同然に可愛がられており、一種のアイドル然とした存在だ。

そんな沙紀であるが、どうしたわけか隼人に対してはよそよそしいところがあった。

（まぁ、月野瀬で同世代の男は俺だけだったし……）

隼人としても年の近い異性である沙紀に対し、どう接していいか分からないというのがあった。

しかし妹《姫子》の親友であり、そして隼人にとって沙紀の神楽舞《かぐらまい》は特別なモノでもある。顔を合わせないスマホ越しのメッセージでなら話せるのではと思ったのだが――

（――確かに、姫子の言う通りでもあるんだよなぁ……）

女の子って難しい――ふとそう思った時、頭の中に春希の顔が過《よ》ぎる。

するといつものように悪戯《いたずら》っぽい笑みで『ばーか』と言われたような気がして、隼人は眉間《みけん》に皺《しわ》を寄せながら顔を半分湯船に沈める。そしてぶくりと、水面《みなも》に大きな泡を作った。

部屋に戻った頃には、結構な時間が過ぎていた。

「……うん？」

部屋に戻ればスマホが通知を伝えており、差出人を見れば知らないアドレスである。

誰かと思って画面を開けば、件名に『村尾沙紀です』と書かれており、メッセージを開くと『何か用でしょうか？』とそっけない文章が書かれているのが目に入った。

届いた時刻を確認すれば小一時間前、丁度姫子の部屋を出た直後のことであり、話を聞いてすぐさま連絡を寄越《よこ》してきてくれたらしい。

（参ったな……）

随分と待たせてしまったなと思いつつ、言葉を吟味して返事を打つ。

『久しぶり、でいいのかな？　不躾《ぶしつけ》だけど、昨夜《ゆうべ》から急に姫子がダイエットしだしてな、なにか良《い》い食事メニューを知らないかな？　その、女の子だからそういうの詳しいかな、と思って』

すると、随分待たせてしまった割には沙紀からの返事は早かった。思わずスマホでの入力に慣れてるんだな、と感心してしまうほど、立て続けに返事が来る。

『そうですか』

『私自身、ダイエットをしたことないので、わかりません』

『【ダイエット】【食事】【おすすめ】で検索すれば、何かわかりませんか？』

どれもそっけない返事だった。確かに月野瀬でのことを考えれば当然の反応だろう。

しかし親友《姫子》が絡むからこそ、義理堅く応《こた》えてくれたんだなと思い、苦笑する。

『そうか、ありがとう』

『それだけですか？』

『また何かあればよろしく』

『そうですか』

そんな風に話が終わる。相変わらずの調子だったが、無視されなかっただけ上出来だと思い、ぐぐーっと伸びをした。

「せっかくだから、俺も寝る前に調べてみるかな」

隼人は村尾沙紀のアドバイス通りに調べてみるも、ヒットしたのがコンビニでのお勧めとか、チェーン店でのカロリー、食材に関する栄養的な解説ばかり。

結局色々と日移りしていくうちに夜が更けていき、いつの間にか意識を手放していた。

「……ん、寝てたのか」

気付けば部屋に朝日が差し込まれており、時計を見ればいつもの時間になっていた。

パソコンと違い寝転びながら見られるスマホのせいで、いつの間にか寝落ちしてしまっていたらしい。

「てて、首が……うん？」

そして、いくつかのメッセージが届いている事に気付く。

「白滝を使ったパスタに、鶏《とり》むね肉のアレンジ料理、それにキノコたっぷりのオムライス……凄《すご》いな、でもこれって……」

全て村尾沙紀からのものだった。

義理堅く丁寧にわかりやすいレシピも書かれており、これなら見栄え的にも春希や姫子も喜びそうである。思わず感心するもしかし、それらの送られた時間は全て日付が回ってからの、夜も遅くのものだ。

（姫子のためって言ったから、頑張って調べてくれたのかな……あれ、これは……っ!?）

送られてきた画像の中に、1つだけ料理とは違うものが紛れ込んでいた。

『今年の祭りの衣装です。どうですか？』

そんなメッセージと共に添付されていたのは、祭りの時だけに着る、村尾沙紀の特別な巫女《みこ》装束だった。たまに神社で目にしていたオーソドックスな白衣《びゃくえ》と緋袴《ひばかま》の巫女服姿に、金の刺繍《ししゅう》が施された涼し気な千早を羽織り、髪飾りや化粧も施されている。

ただでさえ色素が薄く幽玄的な美しさのある彼女を、この非日常的な衣装によって、より幻想的に演出していた。

しかもその表情は今まで隼人が見たことのない自然体の笑顔であり、思わず妹の友人だとわかっていても、ごくりと息を呑《の》んでしまうだけの魅力にあふれている。

（これは……いやいや、うん）

どうしてこの画像を送って来たかはわからない。だけど隼人はすぐさま、妹の姫子が新しい服を新調した時、意見を求めてくることを思い出す。

つまりは、これもそういうことなのだろう。変に勘違いしてはいけないことだ。

おほん、と咳《せき》ばらいをした隼人は、とりあえず今はお礼の返事を送らなければという使命感でメッセージを打ち込んでいく。

『ありがと、姫子も喜ぶよ。それと衣装、毎年のことながらよく似合ってる、可愛いな』

返事はすぐには返ってこなかった。朝も早いし当然だろう。

ぐぐーっと伸びをした隼人は朝の支度にとりかかる。窓に目をやれば雲一つない晴天で、今日も朝から暑くなりそうだった。思わずうへぇ、とげんなりした声を零《こぼ》す。

なお、沙紀からの返事はたっぷりと1時間以上経ってから、登校途中に届いた。

『そうですか』

その内容は、相変わらず素っ気ないもので、隼人も苦笑を零すのだった。

第４話　たまには、こういうのも……ね？

慣れないレシピの弁当作りに手間取った隼人《はやと》は、いつもより遅い時間に登校していた。

朝の教室はいつものように喧騒《けんそう》に包まれている。

何人かはうっかり忘れた課題に取り組んでいたり、写させてもらっていたりもするが、その大多数は友人同士でお喋《しゃべ》りするもので占められている。

「うん？」

自分の席に着くと、スマホに着信が届く。誰からかなと思って画面を開くと、そこにはまるで天狗《てんぐ》のように鼻の生えた茄子《なす》が写っていた。

差出人は三岳《みたけ》みなも。一緒に添えられていた『調子に乗られているのでしょうか？』という文字を見れば、「くくっ」と笑いが零れてしまう。

他にも『へそを曲げられました』『逆上がり中です』と、ぐねぐねとぐろを巻いていたり天に向かって逆さまに生《な》っている甘長唐辛子の画像もある。

どれも形の悪い野菜たちだ。スーパーなどではあまり見かけないが、月野瀬《つきのせ》では、売り物にならないとよくお裾分《すそわ》けされた、馴染《なじ》みの深いものでもあった。

少し懐かしさを感じつつ、彼女独特の感性の言葉に、隼人は肩を震わせる。

「なんだ霧島《きりしま》、ニヤニヤして。何を眺めてるんだ、例の彼女か？」

「違《ちげ》ぇよ、森《もり》。野菜だ。見たらわかる、ほれ」

「……ぷふ、わはは、なんだこれ、おかしな形だな！」

「だろ？　市場には出てないけど、野菜って色んな形があるからな」

「へぇ、もっと他にこういう画像ないのか？」

「んーと、そうだな……あっ！」

「おっ？」

突如、画面に野菜以外のものが映った。隼人からは、しまったという驚きの声が、森からはこれは見逃せないなという興味津々の声が漏れる。

「あーあー、うん、わかる。わかるよ霧島。男なら誰だって巫女さんが大好きだもんな」

「いや待て森、これは別に俺の趣味とかじゃなくてな、祭りのというか……っ！」

巫女の画像は村尾沙紀《むらおさき》だった。今朝、彼女がレシピと一緒に送ってきたものである。

だが、これの説明をするのは少々面倒臭い。

「うんうん、祭りだな、わかる。祭りの楽しみといえば巫女さんもそうだけど、女子の浴衣《ゆかた》にもあるよな」

「それは否定しないが……やっぱりこっちの祭りとかでは皆、浴衣を着たりするのか？」

「おう、地元の夏祭りでな。てか前に住んでいたところでは着なかったのか？」

「……着るような若い奴が居なかった」

「そ、そうか」

　さてどうやって誤魔化そうかと思った所で、話が浴衣へと逸《そ》れた。隼人はその事にこっそりと安堵《あんど》する。

　その浴衣の話が興味を引いたのか、そこで男子たちがわっとなって集まってきた。

「やっぱ浴衣って特別感あるよな！　それだけで、女子が5割増しで可愛く見える！」

「髪型も浴衣に合わせたものっていうか、うなじ、最高だよな！」

「露出が少ないのにエロく見えるし！」

「いや、それはない」

「ないない」

「そ、そんなことないよな、霧島!?」

「お、俺に聞くなよ……」

そして何故か男子の間で浴衣談議になってしまった。

どうやら秋口に近くの公園で自治体主催の夏祭りがあるらしく、男子の中には露骨に女子の方へ視線を向ける者もいる。

隼人もふと隣を見てみれば、春希《はるき》が興味津々な、そしてどこか悪戯っぽい目を向けているのに気付き、思わず身構えてしまった。

「ふふっ、男の人ってやっぱり、浴衣が好きなんですか？」

「いや、それは……」

顎《あご》に人差し指を当てて、コテンと首を傾げて疑問を投げかける様は、たとえ計算ずくで揶揄《からか》うつもりだとわかっていても――隼人には『へー、ほー、ふーん、いっやぁ、男の子だねぇ、そういうの好きなんだぁ』という裏に隠れた声が聞こえているとしても、大変可愛らしい。だがそれは、あくまで隼人限定である。

「おう、当たり前よ！」

「てわけで二階堂《にかいどう》さんの浴衣姿を見せてください！」

「オレらと一緒に祭りへ！」

「むしろ彼女になって下さい付き合って下さい！」

春希の挑発とも揶揄いとも取れる言葉に、周囲の男子はヒートアップしていく。その予想外の反応に、春希はビックリして仰《の》け反ってしまう。

「ご、ごめんなさいっ⁉」

「ちょっ、あんたたち何言ってんの⁉」

「離れろ、このケダモノ共！」

「大丈夫、二階堂さん⁉」

そしてたちまち、そんな騒ぎ出した男子たちから春希を庇《かば》おうとする女子たちという構図に発展する。

春希はこれも予想外だったのか、「アレ？　アレ⁉」と言って目を回す。

（はぁ、まったく……）

どうも最近の春希は、少々地の部分である粗忽《そこつ》ものなところを発揮してしまうことが多い。隼人はしょうがないなと大きなため息を吐きつつ、女子や森たちと一緒に男子たちを窘《たしな》めようとする。その時のことだった。

「はは、やっぱりさ、二階堂って変わったよな」

「……俺にはよくわからんが」

「取っつきやすくなったというか、以前と違って余裕が出来たというか……やっぱり女子の間での噂も本当かもな」

「噂……？」

「二階堂春希には、彼氏が出来た」

「…………………は？」

間抜けな声が出た、という自覚はあった。

今だって、森が言ったことの半分も理解できていない。

春希がここ最近変わったというのは確かなことだろう。

それはきっと良《い》い傾向に違いない。だがそのことと、彼氏が出来たということが、どうしたって隼人の中で結びつかない。

そんな隼人が混乱していると、にわかに教室の入り口のあたりが騒《ざわ》めき始めた。

「その、二階堂さんは居るかい？」

「あ、はい、なんでしょう？」

「ほら、噂をすれば」

「あいつは――っ」

海童《かいどう》一輝《かずき》だった。どうやら春希に用事がある様で、呼び出している。

思わず彼の下へと行く春希の顔を見てみるが――いつも通りの二階堂春希《猫かぶり》の表情で、少なくとも想い人に呼ばれていくような表情ではない。そもそも春希には恋人なんて居ないことは、いつもすぐ傍にいる隼人が一番わかっている。

だというのに、どうしてか隼人の胸には嫌な感情が渦巻いてしまっていた。

『女子の間で有名な話があるんです』

昨日の三岳みなもの言葉を思い出す。

ふと辺りを見渡せば、ニヤニヤしつつも春希を見守る女子のグループと、複雑な表情で見守る男子のグループが目に映る。それがなんだか、周囲が既成事実を作り上げているようで、嫌な気持ちになってしまう。

当の海童一輝自身はどう思っているのかと視線を向けるも、隼人の位置からは彼の表情は確認できない。

ただ、彼の身振り手振りが大きくて、まるで緊張から来るもののように見えてしまって、それが三岳みなもの言葉に信憑性《しんぴょうせい》を持たせていた。

「――それで部活の申請の件は、同じ1年の二階堂さんに聞いてくれと言われて……」

「はい、それでしたら生徒会室の方ですね。んー、一緒に私も行きましょうか」

「ああ、助かるよ」

どうやら部活絡みの話のようだった。

何故春希に聞きに来ているかわからない。だけど、春希と海童一輝が肩を並べ、教室を出ようとして――チラリと彼のホッとしたような顔が見えた時、隼人は考えるよりも先に身体が飛び出し、追いかけてしまっていた。

「待ってくれ！」

「はゃ……えっ、霧島くんっ⁉」

「君は……？」

隼人の目の前にいる２人からだけでなく、教室中からも驚きの声が上がる。

それは感情的な行動だった。ついカッとなって、やってしまったことだった。春希や海童一輝、そして周囲も驚いているが、一番驚いているのは隼人本人である。

（あー、くそっ！）

だが言ってしまったものは仕方がないと、隼人は思考をフル回転させる。

「その、だな……部活関係でどこか行くんだろう？　俺もその、入部したいところがあってさ、だからついでにって思って」

そしてまるで言い訳するかのように、早口気味に言い放ち、ズカズカと廊下を先行する。

「あ、方向逆ですよ、霧島くん」

「……うぐっ」

春希にそう指摘されれば、隼人の動揺は周囲にもバレバレなわけで、くすくすと忍び笑いが聞こえてくる。隼人の顔が、耳まで真っ赤に染まっていく。

「一緒に行きましょうか。いいですよね、海童くん？」

「あ、あぁ、僕は構わないよ」

春希にそう言われれば、海童一輝も複雑な表情をしながらも、そう答えるしかない。隼人はバツの悪い顔をしながら春希の背中を追いかけるのだった。

朝のショートホームルーム前の廊下を歩く。

予鈴までの時間も少ないということもあって、騒めきは聞こえてくるものの、人の姿は見かけない。そんな３人の歩く足は、こころなしか速い。なんとも不思議な空気だった。

どことなく機嫌のよい春希に、どこか不本意な顔の隼人、それにどうしてこうなっているんだろうという困惑した表情の海童一輝。そんな中、口火を切ったのは海童一輝だった。

「この時期に入部って、珍しいね？」

言葉に詰まる。もし噂が本当だとすれば、隼人は彼の春希へのアプローチを邪魔したことになる。しかしその口調は穏やかで、その表情は悪意や裏を感じさせるものではなく、純真な興味からといったものだ。

隼人は答える言葉が、少しばかりぶっきらぼうになっている自覚があった。

「……転校生なんだよ」

「あぁ、なるほど、君が。どこに入るつもりなんだい？　サッカー部《うち》なら歓迎するよ？」

「園芸部」

「……は？」

それは虚を衝《つ》かれたような声だった。

海童一輝は困惑の目で、隼人をまじまじと見つめる。

１７０㎝台後半という平均以上の身長に、半袖《はんそで》の制服から覗《のぞ》く陽に焼けた腕はほどよく筋肉が付いている。身体も全体的に引き締まっており、海童一輝でなくとも何かしらのスポーツをやっているんじゃないかと思う体軀《たいく》である。

だから、そんな隼人から園芸部という言葉が出れば、驚くのは当然だ。

しかし隼人はその反応は、まるで園芸が――畑仕事が馬鹿にされたように感じてしまい、ムッとした表情で食って掛かる。

「なぁ、あんたはサッカー部なんだろ？」

「うん、そうだけど……」

「サッカーの何が楽しいんだ？」

「何って……他のスポーツと違う1点の価値の重さ、自由度の高さ、そしてやっぱりチームの皆《みんな》との一体感というか……それこそいっぱいあって挙げきれないけれど……」

「園芸だって、畑だって同じだ」

　大きく息を吸った隼人は、足を止めて向き直る。

「毎日水やりや剪定《せんてい》、追肥に雑草や虫の処理、そりゃあ手間暇掛かるし意外に重労働だ。けどな、手塩にかけただけ野菜は応《こた》えてくれるし、1つ1つの野菜が色んな個性を持ってるし、変な形の実が生《な》ると得した気分になる。ほら、これを見ろ！　土いじりはな、最高に楽しいんだよ！」

　そしてどうだと言わんばかりに、先ほど三岳みなもから送られてきた天狗《てんぐ》になった茄子《なす》やとぐろを巻いた唐辛子の画像を2人に見せる。

　春希も海童一輝も突然に園芸、というか野菜作りの魅力について勢いよく語りだした隼人にビックリして、目をぱちくりとさせるばかりだった。そもそも、熱心に土いじりのことを語る男子高校生なんてもの自体がレアである。驚くのは当然だ。

　そして続く春希の――二階堂春希の行動に、海童一輝は更に度肝を抜かれるのだった。

「あはっ、あはははははっ！　はゃっ……き、霧島くんって、そんなに園芸が好きなんだ！　うんうん、ボクもそういう熱中できるものがあることは良いと思うな！」

「そりゃ、慣れ親しんだことだし、いてっ、って、痛いから背中叩《たた》くのやめろっ！」

「に、二階堂さんっ!?」

春希は堪《こら》えきれないとばかりにお腹を抱えて笑い出したかと思えば、バシバシと隼人の背中を叩きだしたのである。それも今まで学校で見せたことのない、気安い感じで。

二階堂春希は誰にでも優しく礼儀正しく人当たりの良い女の子――そんな認識があった海童一輝は、今の彼女の意外な姿を、目を見開いて見ている。

「あ……ん、こほん、先を進みましょう」

「……おぅ」

「う、うん、そうだね？」

そんな彼の視線に気付いた春希は、ワザとらしく咳払《せきばら》い。

そして意味もないのにスカートの裾《すそ》を払い、場を仕切り直して歩き始める。その変わり身の早さに、隼人も、そして海童一輝も呆気《あっけ》に取られるのだった。

目的地である生徒会室は、そこから歩いて1分もかからないところにあった。

「失礼し――て、誰も居ませんか。ええっと、用紙を取って来るので、少しそこで待っててくださいね」

「おぅ」

「頼むよ、二階堂さん」

何となく熱くなってしまっていた隼人は、色々と誤魔化すようにガリガリと頭を掻《か》いて春希の後ろ姿を見守る。戸棚を探す様子に迷いは見られない。

（こういうの、慣れてるんだな）

そんなまだまだ知らない春希の一面に、何とも言えない苦い気持ちが胸に広がっていく。

「……知らなかったな」

「うん……？」

まるで隼人の胸の内を代弁するかのように、海童一輝が呟《つぶや》いた。

「さっきの彼女が、本当の二階堂春希なのかな？」

「………さぁな」

確認するかのような問い掛けだ。そして声色には確信にも似たものがある。隼人の胸にモヤモヤが募っていき、返す言葉は愛想とは無縁のものになってしまう。

（擬態、バレたらダメなんじゃねーのかよ……）

子供じみた感情だとはわかっている。

だけど先ほどの迂闊《うかつ》な態度の春希に、恨み言も零《こぼ》したくなる。

「僕は海童一輝。君は？」

「は？」

「名前」

「……霧島隼人」

しかし海童一輝はそんな隼人に興味があると言わんばかりに、握手をしようと手を差し出してきた。どういうつもりかわからない。その手をしばし眺める。

その顔を見てみると、にこやかな笑みを浮かべており、悪意があるようには思えない。

（………）

噂は噂だ。それに春希がどうなろうが隼人には関係ないハズだ。

だけど、どうしても気になって仕方がないのも事実だった。

「よろしく、霧島くん」

「……おぅ」

隼人は複雑な表情で、その手を握り返した。

◇◇◇

海童一輝と途中で別れ、春希と共に教室に戻ってきた隼人は、すぐさま男子たちに囲まれた。

「な、なんだよ!?」

「うんうん、よくやったぞ霧島！」

「美少女がイケメンに食われるのを阻止した！　お前は英雄だ！」

「よし、今日の昼と放課後は空いてるよな？」

「一度じっくり乳について話さねばなるまいて」

「それから二階堂さんの幼《おさな》馴染《なじみ》のこともな！」

彼らは馴れ馴れしく隼人の肩を組み、バカみたいにテンション高く絡んでくるが、その瞳《ひとみ》はいずれも真剣だった。決して逃がしはしないという意気込みが感じられる。

隼人は助けを求めるように周囲を見回すが、やれやれと肩をすくめる森と、『ばーか』と唇を動かす春希の姿が目に入るのみ。がっくりと項垂《うなだ》れてしまう。それだけ周囲の関心を集める行動をしてしまった自覚もあって、これから始まる追及大会に腹を括《くく》る。

一方春希はそんな隼人の様子を見ながら、やけに気分が高揚しているのを自覚していた。

春希も女子の間での海童一輝の噂は知っている。

海童一輝は春希の目から見ても、女子にさぞかしモテるだろうなという認識があった。あのスペックだ、否定する要素を探す方が難しい。

しかし一方で春希の経験則から、彼が自分に興味がないということも理解している。周囲が勝手に盛り上がっているのを利用しているのだろう。その辺は春希と似たようなものだ。だからこそ乱入してきた隼人の行動には驚かされたし、それに――

（――あれ、どうしてボク、喜んでるんだろ……？）

　そんな自分の感情に、戸惑ってしまうのであった。先ほどついついはしゃいで隼人の背をバシバシしてしまったのも、きっとそれに起因してのことだろう。

　だけど決して悪い気がしない。

　この休み時間も、次の休み時間も、先ほどの行動に対して詰問されている隼人を見れば、どうしたって顔がニヤけてしまう。春希がそんな顔をしていれば、隼人と目が合っても、拗《す》ねたような表情でプイッと顔を逸《そ》らす。

（ふふっ）

　ここ最近隼人にしてやられっぱなしだったこともあり、春希はますます顔をニヤけさせてしまうのであった。

　しかし、昼休み。

　本日二度目の訪問者によって、春希の笑顔は固まってしまっていた。

「霧島くんはいるかい？」

「海童……っ⁉」

爽《さわ》やかな、人好きのする笑みを浮かべた海童一輝が、隼人を訪ねてきたのだ。

春希ではなく、隼人を。

突然の事態に驚いたのは春希のみならず、教室中が水を打ったように静まり返ってしまう。さすがの海童一輝本人もこの状況に、苦笑を零すのを隠せない。

「……俺に何の用、ていうか、何しにきたんだよ？」

「そりゃあ、霧島くんと親睦《しんぼく》を深めに。お昼は弁当かい？　そこ座っていい？」

「あ、おい……ったく」

「うんうん、さっきの野菜みたいな画像とかさ、他にはないの？」

「あるにはあるが……」

「それはいい、見せてよ」

だが、あくまで海童一輝は自然体だった。無邪気ともいえる様子で男子たちが隼人を囲んでいる輪の中に、するりと入り込んでいく。

「霧島、そういや巫女《みこ》さんの写真持ってたよな」

「森、お前っ！　……いや、確かにあるけどさ」

「へぇ、いいよね、巫女さん。お祭りも。僕も他にメイドさんとかも好きだったり」

そんな彼の言葉に反応したのは、他の男子や一部の女子である。

「お？　実はオレもナースとか」

「チャイナもいいぞー」

「なんだよ海童、話せる奴だな！」

「ご、ゴスロリとかどうかなー？　あーし、実はちょっと興味あったり」

「わ、私も実は――」

　海童一輝の意外ともいえる大らかさに毒気を抜かれたのか、隼人だけでなく他の皆も、彼を中心にどんどん話の輪に加わっていく。流石の人気者、そのカリスマをいかんなく発揮している。春希も思わず舌を巻く。

　しかし同時に、混乱もしてしまっていた。

　わけが分からなかった。春希の目から見て、和気藹々《あいあい》と話す隼人と海童一輝によって、自分の中でごちゃごちゃしだした感情を、どう処理して良《い》いかわからない。

　そして輪に入っていない周囲からは、彼と自分を見つめる視線が集中している。

「そ、そうだ。私、行かないと」

　誰に言うでもなく、だけどワザと声に出して呟いて、席を立つ。居た堪《たま》れなかった。二階堂春希が昼休みに用があるのは、いつものことだ。誰も不審に思う人はいない。

教室の去り際にチラリと隼人の方を見れば、困った笑みを浮かべていた。それが何だか、心に引っかかった。

教室を出たものの、春希が向かう先なんて1つしかない。

秘密基地。避難所《シェルター》。旧校舎にある縦に細長い6畳ほどの空き部屋。

「……何か、広いな」

思わず独り言《ご》ちてしまった。

ヌードクッションを広げ、ぺたりと女の子座りをした春希は、もそもそとお昼のサラダチキンバーを取り出して食べる。

（…………）

どうしたわけか、中々喉《のど》を通らず、胸につまってしまう。

なんとかそれを嚥下《えんか》して時計を見るも、ここに来てまだ2分も経っていない。昼休みの時間はまだまだたっぷり残っている。

そしていつも隼人が使っているヌードクッションを見れば、先ほど皆《みんな》に囲まれたことを思い出す。

「……隼人は捕まっちゃったしなぁ」

そうではない、とわかっているが、自分がのけ者にされたようで疎外感を覚えてしまう。

なんだか隼人を取られてしまったと、錯覚する。

寂しさから自然と頭に手が伸びて——そして髪を撫《な》でられたことを思い出し、ブンブンと頭《かぶり》を振った。

（あー、もうっ！　……うん？）

その時、春希のスマホが通知を告げる。隼人からだ。

『すまん、抜けられそうにない。今日の分は貸しにしといてくれ』

春希の眉間《みけん》に皺《しわ》が寄っていく。あの状況からは抜け出すのは至難の業だろう。それに自分だって、つい一昨日《おととい》抜け出せなかったことがあった。

「そっかぁ……」

1人だと認識した瞬間、心にぽっかり空洞が出来たような感覚に襲われる。

隼人が悪いわけじゃないが、少しばかり恨めしく思った。

やがて色々と持て余してしまった春希は、秘密基地を出て当てもなく歩き出した。

とはいえ、人の目を避けての行動だ。ある程度、行く場所なんて限られてしまう。

だからそこに行き着くのは、ある意味必然といえた。

「……ぁ」

校舎の裏手にある花壇、そこには麦わら帽子にジャージ姿の小柄な女子生徒――三岳みなもの姿があった。彼女を見つけた瞬間、どうしたわけか咄嗟《とっさ》に身を隠してしまう。

三岳みなもは花壇の野菜の世話に夢中のようで、こちらに気付いた様子はない。

彼女との間に、これといった接点はない。クラスも違うし、精々名前を知っているくらいだ。それに人目を避けているのだから、とっととこの場所を去ればいい。

『土いじりはな、最高に楽しいんだよ！』

だけど、そう言って園芸部に――三岳みなものいる部活に入ると言った隼人のことを思い出してしまった。胸がざわつき、気付けば花壇の方に足が向かっていた。

「あーその、こんにちは、三岳さん」

「ふぇ、霧し……に、二階堂さん⁉」

相変わらず小動物じみていて、可愛らしい反応をする女の子だな、と思う。

そして彼女が一瞬、『霧島さん』と言いかけたことに気付き、ズキリと胸が軋《きし》む。

「ええっと、そのぅ……」

「は、はい、何でしょう？」

衝動的な行動だった。特に彼女に何か用があったわけではない。

だから、話しかけたはいいけれど何を話して良いか分からない。口籠《くちご》もってしまった春希に、三岳みなもも困った笑みを返す。

「な、何をしているのかなぁって思いまして」

「せ、剪定《せんてい》と草むしりを……」

「あ、あはは―、ですよね―！」

見ての通りの状況だった。わざわざ聞くようなことでもない。お互い苦笑を零《こぼ》す。

「……」

「……」

２人の間に沈黙が横たわる。何ともいえない微妙な空気だ。

春希はどうしたものかと思いながら、まじまじと彼女の姿を観察した。

背は１５７㎝の春希より１回り以上小さくて、くりくりとした癖っ毛が特徴的だ。小動物的な愛嬌《あいきょう》があって、よく見れば可愛らしい顔立ちをしている。

（あ、この子ってば結構可愛い？　……ボクとは、違うタイプだよね）

もしかしたら、隼人の入部の理由は――

「あー、もうっ！」

「に、二階堂さんっ⁉」

　そこまで考えたところで、春希はいきなり大声を上げた。胸に生まれたモヤモヤした気持ちを振り払おうと、髪型が崩れるのも厭《いと》わずガシガシと頭を掻《か》きむしる。

　当然、そんな奇行ともいえる二階堂春希の姿を見せられた三岳みなもにしてみれば、たまったものではない。驚き、そして自分が何か粗相をしてしまったんじゃないかと、あわあわと狼狽《うろた》えてしまう。

　あ！　とばかりに、そんな彼女を目の当たりにした春希は、少しだけ冷静さを取り戻し、自嘲《じちょう》めいた笑みを浮かべた。

「あ、あはは、ごめんなさい。ちょっとその今、ボク、嫌な奴になってた」

「ボク？　ええっとその……何か悩み事ですか？」

「あーうん、そう。悩み事、かな？　最近ちょっとね」

「そう、ですか……」

　はぁ、と大きなため息を吐く。全くもって、自分で自分に呆《あき》れてしまう。

　ここに居るとよくない方向へと考えそうだ――そう思って、踵《きびす》を返そうとしたときのことだった。

「つ、土いじり！」

「……へ？」

「土いじりしましょう！　いいですよ、土いじり！　心が落ち着きます、はいこれ！」

「え？　え？　いや、ちょっと！」

三岳みなもは、心配そうに春希を覗《のぞ》き込んでいたかと思えば、いきなり自分が被《かぶ》っていた麦わら帽子を押し付けてきた。そして強引に春希の手を引っ張っていく。彼女の小柄で大人しそうな見た目からは想像できない、少々強引で驚かされる行動だった。

紫色の花が咲く茄子《なす》の前まで来たら、にっこり笑って剪定バサミを差し出してくる。どうやら春希にやれということらしい。

「こことここの、いらない枝とか払っちゃいましょう。花ごとバサーッと！」

「ええっと、かなり切っちゃうけど良いの？　3分の1くらいなくなっちゃうよ？」

「はい、大胆にいっちゃってください。野菜にとって散髪みたいなものですよ」

「そ、それなら、えーいっ！」

春希は戸惑いつつも、彼女に教えられながら刈り込んでいく。

初めて目の前にした野菜たちは、1つとして同じ形のものはなく、それぞれが個性的だ。だから剪定するにしても、これだといった型にはまった答えがない。1つ1つに向き合わないと、どうすればいいかわからない。中々に頭を悩ませるものである。

だがそれこそが、醍醐味《だいごみ》ともいえるところだった。春希もいつしか額に大粒の汗を浮かべ、頬は三岳みなもと同様に土で汚れてしまっている。しかし、そんなことが気にならないほどに、のめり込んでいくのだった。

「ここは、スパーッて感じで切っちゃえばいいのかな？　切り過ぎかな？」

「大丈夫ですよ、この子たち結構たくましいので、へっちゃらです」

「よーし、っと！　ふふ、でもこの花が野菜になっちゃうって思うと不思議だね！」

「そうですね、凄《すご》いと思います」

「あ、そうだ！　今度収穫のとき……に……」

「是非来てくだ……二階堂さん？」

それまで野菜に夢中だった春希は、振り返って三岳みなもの顔を見た。彼女の表情はひどく優しげで慈しむものだ。

同時に、自分がどれだけはしゃいでいたかも自覚する。顔に熱を帯びていくのがわかる。

「その、ボク……」

「ふふっ、笑ってくれましたね」

「あうぅ……」

どうやら見透かされているようで、恥ずかしくなってしまった。そんな春希を見つめる三岳みなもは、微笑みながら春希の隣に移動して、目線を野菜に向ける。

「私、少し前に、ちょっとショックなことがあったんです。悲しくて辛《つら》くて泣いちゃって……だけど、お腹はしっかり減っちゃって、それがなんだか可笑《おか》しくて。花は咲いたらそこで終わりですけど、野菜はそこからが本番で、実に生《な》るって聞いて……だから、最初はそんな興味本位からでした」

「三岳、さん……？」

「実際育ててみると、何も知らないことだらけでした。お世話も想像以上に大変で、でもそれ以上に楽しくって……ええっと、さっきから私何を言ってるんだろう……その、ですね、好きなことが出来て救われたと言いますか……っ！」

「………ぁ」

三岳みなもは恥ずかしそうに自分のことを言いながらも、胸の前で両手を握り、「あぅぅ」とか「そのぉ」と唸《うな》りながらも向き直り、真剣な目で春希を見つめて言葉を紡ぐ。

それは彼女なりの励ましだった。

なんてことはない。春希が気落ちしているのを見て、彼女なりに元気付けてくれようとしているだけなのだ。三岳みなもを見つめ返せば、その瞳《ひとみ》からは打算や下心といったものがないことがわかる。二階堂春希にはわかってしまう。

（あぁ、この子、いい子なんだ）

純粋に誰かのために思いやる姿を見て、春希の中で彼女の認識が変わる。

それと同時に、憧《あこが》れにも似た想いが芽生える。正直なところ、打算的なものもあった。

だけど、もっと色んなことを知りたいと思う。

「ね、またここに来ていいかな？」

「あ……はい、喜んで！」

そう言って笑った三岳みなもの顔は、春希にとって、とても眩《まぶ》しかった。

放課後になった。

ショートホームルームが終われば、隼人は昼休みから引き続き、森や男子たちに群がられている。

「よう霧島ー、ここから電車でちょっと先に大きな神社があるんだが」

「うんうん、これはもう夏仕様の、薄着の巫女《みこ》さんを拝まねばなるまい」

「待ってくれ、ここはいい機会だからメイド喫茶に行ってみるのはどうだ？」

「いや俺は……って、メイド喫茶!? じ、実在したのか……」

どうやら遊びのお誘いらしい。隼人はメイド喫茶という単語に驚き反応しつつも、ちらりと助けを求めるような顔を向けてくる。

春希は『へぇ、メイドさんに興味あるんですか』という言葉を口の中で転がし、呑《の》み込んだ。この如何《いか》にも男子同士といった会話に口を挟めば、今朝の浴衣《ゆかた》の件と同じことの繰り返しになってしまうのは想像に難くない。

代わりに「あはは」と乾いた笑いを零して、眉間《みけん》に皺《しわ》を寄せる。胸がもやもやする。

そんな春希に女子の一団が話しかけようとし、そして同時に森が隼人の肩を摑《つか》もうとした時、春希はつい隼人との間に割って入るのだった。

「ねぇ二階堂さん、この後私たち――」

「よし、今日は遅くなったけど霧島の歓迎会でメイド――」

「霧島くん、ええっとアレがアレですので、ちょっとアレしてくれませんか？」

彼らの言葉を遮るように覆いかぶせる。

隼人の、男子たちの、そして女子たちの驚く視線が春希に集まる。それまでの喧騒《けんそう》が嘘のように、一瞬にして沈黙へと塗り替えられていく。

突発的な行動だった。強いて理由を挙げれば、胸のもやもやだろう。だがこんな理由なんて説明できるはずもない。

春希自身も戸惑い、どうしていいかわからない。だが隼人は、この幼馴染《おさななじみ》は、この僅《わず》か一呼吸の間にそれらを読み取ったのか、状況を引き継いでくれた。

「アレか、今朝の入部の手続きの件だな？　何か不備があったのか？」

「っ！　え、えぇそうです。顧問の先生が帰ってしまう前に訂正できればと」

「じゃあ急がないとか。すまん、そういうわけだから森、今度な！」

「え、あ、ちょっと待ってください、霧島くん！」

隼人はこれ幸いとばかりにこの場を抜け出し、春希はその背を追いかける。

そして廊下に出た瞬間、ワッと教室が騒ぎ出した。そのあまりに大きな音声に、一瞬ビクリと肩を震わせる。廊下で待っていた隼人と、顔を見合わせて苦笑い。そしてどちらからともなく、昇降口へと駆け出すのだった。

「春希って昔から行動がワンパターンだよな。転校初日と一緒だ」

「う、うるさい！　ついでに寄りたいところがあるんだよね、付き合ってよ」

「おう、いいぜ」


放課後とはいえ、夏の太陽はまだまだ高いところにある。

春希が向かった先は、自分の家だった。

「寄りたいところって春希ん家《ち》？　何かあるのか？」

「うーん、どうなんだろう……なんとなく？」

「春希？」

隼人は意外だったのか、その声には戸惑いの色が滲《にじ》んでいる。

正直なところ、何かあるわけではない。春希自身もよくわかっていない。もしかしたらダイエットのせいで、ちゃんと脳に糖分が行き届いていないのかもしれない。

だから胸に感じる思ったままのことを口から零《こぼ》す。

「えっとその、なんとなくだけどさ、この間のアクションＲＰＧの続きを一緒にやりたいなって思ってさ」

「……そういやアレ、俺と一緒の時しか進めてないんだっけ」

「あはは、そうなんだよねー」

お互い苦笑しながら、慣れた様子で靴を脱ぎ部屋へと向かう。

部屋に着いて早々、春希はクーラーを付けてぽいっとばかりに靴下を放り投げる。隼人もそれに倣ってクッションに腰を下ろせば、「はぁ～」と気の抜けた声を漏らす。

「隼人、おっさんくさい」

「うるせ、人のこと言えるか！」

「ふひひ」

そういう春希もブラウスの襟元を広げ、床に足を投げ出しながら暑さにだらけてぐてーっと溶けている。

そして春希がいそいそとゲーム機を起動させようとすると、ふいに隼人が呟《つぶや》いた。

「……たまには、こういうのもいいな」

「っ!?」

いきなりの言葉にドキリと心臓が跳ねる。だけどその一方で、するりと胸へと入りこんで広がっていく。振り返れば、隼人が照れくさそうに頭を掻《か》いている。

（…………ぁ）

思えばここのところ夕飯の関係もあって隼人の家に通うことが多く、こうして春希の家に寄るのは久しぶりだった。

学校とも、そして霧島家に居る時とも違う、気の置けない空気が流れる。だから隼人にコントローラーを渡す春希の顔には、子供の頃と同じ無邪気な笑みが広がっていた。

「そうだね、はいこれ」

「おぅ、っと、姫子《ひめこ》が腹を空《す》かせて怒る前には戻るからな」

「あはは、わかった」

そして顔を見合わせ、悪戯《いたずら》っぽい笑みを零す。

かつてのことが脳裏を過《よ》ぎる。

山奥で一面に咲き誇る朝顔の群生地を見つけた時。

平たい石がよく見つかる河原のポイントを発見した時。

廃棄された社殿を利用して秘密基地を作った時。

そんな2人だけの秘密を共有した時と同じ笑みだった。

昼間の夏の太陽は、あの時と同じく燦々《さんさん》と輝いていた。

第5話　頼れる背中

とある昼休み。授業という退屈な束縛から解放される時。

それは姫子《ひめこ》の通う中学でも同じで、食堂に急ぐ者、教室で仲の良《い》いグループで集まり弁当を広げる者、はたまた他の教室や部室に出掛ける者など、その行動は様々である。

姫子も多くの人と同様、この時間が大好きだった。

特にお弁当なのが良かった。小・中学校が同じ校舎の月野瀬《つきのせ》では給食だったが、こちらでは学食か弁当を用意しなければならない。

給食でなくお弁当――そこが姫子的に、少しだけ大人になったような気にさせてくれて、大好きな部分なのである。姫子は単純でお手軽だった。

「うぇ……」

しかし姫子は弁当を開けた瞬間、顔をしかめて変な声を出す。

一体どうしたことかと、同じクラスの友人の鳥飼《とりがい》穂乃香《ほのか》が覗《のぞ》き込んでみれば、そこにはオムライスを中心に、彩りとばかりにミニトマトとブロッコリーが添えられている、ごく普通の弁当があるばかり。

「どうしたの、姫子ちゃん？　おいしそうなお弁当じゃん」

「……あたし、トマト苦手なんだよね」

「なんだ、たまたま苦手なものが入っていただけか」

「たまたまじゃないよ、これはきっとおにぃの報復だね。こないだ作ってくれた夕飯をさ、酷《ひど》い絵面だって何度か、昨日も揶揄《からか》ったからさぁ」

「へぇーって、ちょっと待って！　このお弁当って、もしかしてお兄さんが作ったの!?」

「うん、そうだよ。いつも作ってくれるのはいいんだけどさ…………って、あーその、一口食べる？」

「是非に！」

姫子は穂乃香からの圧に負けて、彼女の弁当箱の蓋《ふた》に一口分差し出した。鳥飼穂乃香はそれをじっくりねめつけながら「ほぉ」やら「へぇ」やら声を上げて観察する。

そこまで興味津々に見分されると、さすがの姫子も自分で作ったわけではないのだけれど、我が兄のことなので、なんだか恥ずかしくなってきてしまう。

「いただきまーす……んっ、これは！　豆腐、いやおから!?　キノコがたっぷりでチキンライスというより和風な味付けで……あーもう、おいしい！　姫子ちゃんのお兄さんって料理上手《うま》くない、ていうか普通に凄《すご》くない!?」

「えぇえ、料理が出来るっていっても、基本的に飲み会のツマミとかなんだよ？　それに朝起こすときは乱暴だし、勝手にあたしの部屋を掃除するしさ、そんなにいいもんじゃないなーあれは」

「なん、だと……料理上手でお弁当を作ってくれるだけじゃなくて、朝起こしてくれたり部屋も掃除してくれたり世話も焼いてくれる、だと……」

「ほ、穂乃香ちゃん……っ!?」

姫子としては、普段の兄への文句を言ったつもりだった。しかしどこか琴線に触れたのか、穂乃香はくわっと目を見開き、ぐぐっと前のめりになって姫子の手を掴む。

そして、その琴線に触れたのは何も彼女だけではなかったようだった。

「霧島《きりしま》さん、そのお兄さんの話をもっと詳しく」

「お兄さんってどんな人かな？　背は高い？　学校はどこ？　写真とかある？　ていうか肝心なとこだけど彼女はいるの!?」

「霧島ちゃんの実兄の顔で、料理が出来て世話焼き……これはポイントが高いぞ……」

「ちょっと、今度の休みにでも紹介してくれないかな!?」

「え、えーと……？」

姫子は困惑していた。姫子にとって兄の隼人《はやと》は、口うるさくお節介で、デリカシーに欠けたところのある存在だ。

食事に関しては感謝しているけれど、伸びるに任せた乱雑な髪の毛や、麦わら帽子で都心部に出掛けようとするアレなファッションセンスの持ち主でもある。

だからどうして、穂乃香たちクラスの友人たちが兄に興味を持つのか分からない。

しかし、穂乃香たちクラスメイトにとっては違う。

姫子は残念なところはあるけれど、彼女たちの目から見ても結構な美少女なのである。

そんな彼女と同じ血を分けた兄への期待値が、小さいわけがない。

「そ、そんな良いものじゃないよ？　１個しか離れていないのにエラソーにするし、着てるのも色々ダサいから彼女なんて居たこともないし、出来る気配もないしさ」

「うんうん。姫子ちゃん、そんなこと言わずに！」

「今度一緒に遊びにつれて来てよ」

「カラオケとかで良いからさ！」

「えー、おにぃは……って、カラオケ⁉　カラオケってその、集会場とかバスとかで歌う奴じゃなくて、カラオケボックスとかの個室でやる、あのカラオケ屋さん⁉」

「「…………」」

今度は姫子が前のめりになる番だった。

ド田舎の月野瀬にはカラオケの店なんてものはない。あっても年寄りの社交場になっている公民館に古い型が設置されている程度で、最新の曲なんてものは期待出来ない。だから姫子にとってクラスメイトと、しかも放課後一緒にカラオケに行くということは、創作の中でしか見たことがなく、憧《あこが》れに近いものがあった。

目をキラキラとさせている姫子を見る彼女たちの瞳《ひとみ》は、ひどく優しい。

「うんうん、今日は帰りにカラオケに行こうか」

「駅前のでいいよね？　クーポンあるし」

「よーし、おねーさんたちが姫子ちゃんの分は奢《おご》っちゃうぞー！」

「え？　え？　え？」

姫子の戸惑いをよそに、盛り上がるクラスの友人たち。

どうやら本日の放課後の予定が決定した瞬間だった。

夏の夕暮れはひどくゆっくりだ。

放課後女子４人でたっぷり１時間半歌い倒したが、まだまだ陽が沈むには時間がありそうである。

皆《みんな》と別れた姫子は、１人トボトボと力ない様子で駅前の商店街を歩いていた。

「……はぁ」

先程のカラオケを思い出すと、大きなため息が漏れる。

（みんな、上手かったなぁ……）

それだけじゃなく彼女たちは皆、慣れた様子でテンションも高く盛り上がっていた。

特に穂乃香は特別に上手く、また、周囲を盛り上げるのに一役を買っていた。

翻って今日がカラオケ初体験の姫子はといえば、タッチパネルでまごつきあわあわ、マイクを持てばハウリング、歌唱法もよくわからないので歌うというよりボソボソと呟《つぶや》く始末。

そんな姫子の姿を鳥飼穂乃香たちは揶揄《からか》うでなく微笑ましく——姫子主観ではニヤニヤした感じで見つめられていた。さすがの姫子も、少し落ち込んでしまうのも無理はない。

（こ、今度までには、おにぃやはるちゃんを誘って練習しとかないと！）

立ち直りの早い姫子が決心して気合いを入れていると、ふと見知った顔に遭遇した。

「ひ、ひめちゃんっ⁉」

「あれ、はるちゃ……んんっ⁉」

偶然にも鉢合わせたので声を掛けようとすると、春希《はるき》と同じ制服の女子たちに、たちまち囲まれてしまう。人見知りの気がある姫子は、びくりと身構え肩を震わせる。

「あ、この娘《こ》！　例の二階堂《にかいどう》さんの幼馴染《おさななじみ》の！」

「ほっほう、この娘が霧島くんの！」

「たしか1っトの中3だっけ？　その制服、ちょっと懐《なつ》かしー」

「あ、結構背丈もあるねー、スラーッてしててモデルさんみたい。なるほど、このレベルの美少女なら男子に紹介するのを躊躇《ためら》うのもわかる」

「えと、あの、いや、その……あううう……」

人の少ない月野瀬《田舎》出身の姫子は、人に囲まれることに慣れていない。精々囲まれたことがあるのは、鶏か羊か犬くらいのものである。

見知らぬ年上の女子たちともなれば、狼狽《うろた》えるのも当然だった。

（は、はるちゃん〜っ！）

助けを求めるように春希を見てみるも、逆に春希自身も「あはは」と助けて欲しそうな苦笑いを零《こぼ》すだけで頼りにならない。

「髪、すんごいサラサラじゃん！　え、これ手入れとかどうしてんの⁉」

「ちょっと初々しい感じのセーラー服姿もそそるねー。うちは中学もブレザーだったし、いっぺん着てみたいかも」

「今度あーしの貸そうか、って、うんうん……これは霧島っちの気持ちもわかるかも」

「ねね、二階堂さんとは普段なにして遊んだりしてんの？」

よく知らない年上の女子たちから興味津々な瞳でジロジロ見られ、髪や制服にぺたぺた触れられ、そして置いてけぼりの会話を繰り広げられれば、姫子はどうしていいか分からず固まってしまう。

頭が、感情がいっぱいいっぱいになってしまい、鼻の奥がツンとなる。

「もう、ひめちゃんが怯《おび》えています！　それ以上はダメですよ！」

「……ぁ」

ふいに姫子の目の前に、長い黒髪がたなびいた。

未《いま》だ見慣れぬ後ろ姿、だけど妙に既視感のある背中が飛び込んでくれば、反射的にくいっと春希のサマーニットの背中の裾《すそ》を摑《つか》んでしまう。

すると肩越しに振り返った春希が安心してと言いたげに、にかっと安心できる笑みを見せてきた。それは幼い頃からずっと見てきた、はるきと同じ笑みだった。

「ひめちゃんはこっちに引っ越してきて、色々まだ不慣れなんです。お手柔らかにお願いしますよ？」

「うっ、ゴメン……ちょっとはしゃぎ過ぎちゃったかも」

「あーしたちもちょっと興奮し過ぎていたというか……ごめんね？」

「え、あのその、あたしもちょっとビックリし過ぎただけで……だ、大丈夫ですっ」

　春希に窘《たしな》められた彼女たちは、そこで少々強引だったことに気付き、バツの悪そうな顔で謝罪する。そして姫子もあわあわしつつもそれを受け入れれば、春希はにこにこと少し背伸びして、自分よりも少しだけ背の高い姫子の頭を撫《な》でた。

「はい、ひめちゃんもよく出来ました。えらいえらい」

「ちょ、はるちゃんやめてよ！　子供じゃないんだから！」

　じゃれ合うようなやり取りをする春希と姫子。

　どこかお姉さんぶる春希と、嫌がりつつも信頼を寄せているのがよくわかる姫子の様子は仲睦《なかむつ》まじく、彼女たちも微笑ましく見守るだけである。

〜〜〜〜♪

　そして姫子のスマホが鳴った。

「おにぃからだ。牛乳とヨーグルト、醤油《しょうゆ》買ってきて……う、微妙に重たくなるものを」

「あはは、私も半分持ちますから。そういうわけですので、みなさん、また明日《あした》です」

　春希は笑顔で別れの挨拶《あいさつ》をして、姫子を促してこの場を去る。

残された少女たちは2人の背中を見送り、そして誰からともなくポツリと呟きだした。

「随分仲良さそうだったね」

「うん、あんな二階堂さん初めて見た」

「それよりも聞いた？」

「あの娘、おにぃって言ってたよね？」

「しかも二階堂さん、一緒に彼女の家に寄るようなことも……」

彼女たちの間での会話に、聞き逃すことのできない単語があった。

再会した幼馴染。

その彼女の兄の存在。

最近の二階堂春希の変化。

少女たちは互いに顔を見合わせ、想像力を加速させる。

「「「きゃ――――っ!!」」」

夕暮れのファーストフードの店先に、少女たちの黄色い声が響き渡るのだった。

行きつけのスーパーで買い物を済ませ、姫子と春希は共にマンションへの道を歩く。

目の前で引き伸ばされているのは、かつてと違って大きさが並んだ影法師。

「そういや、はるちゃんと一緒に帰るのって初めてだよね」

「あはは、通ってる学校自体違うしね」

「まぁそうなんだけど……って、そういやはるちゃんさ、学校じゃあんな感じなんだ？あの人たちとはよく遊んだりしてるの？」

「うぅん、今日はたまたま、強引に。隼人も他の人に連れられてっちゃったし……その、変……だったかな……？」

「んー、変というか、いつもの姿を知っているだけに不思議な感じ？　そういや初めてコンビニで出会った時も、あんな風だったっけ」

「そういやそうだったっけ。うん、外でのボクは大体あんな感じ」

「そっかぁ。じゃあ今のはるちゃんの姿は、あたしたちだけの秘密だね」

それは姫子が何てない風に呟いた言葉だった。

だというのに、どうしたことか春希が立ち止まり、目をぱちくりとさせる。

「どうしたの、はるちゃん？」

「っ！　んんっ、なんでもないっ！　秘密……うん、そう、秘密だねっ！」

そう言って秘密を連呼する春希の顔は、妙に嬉《うれ》しそうな笑顔になっていた。

姫子はどうしたことかと首を傾げるも、先ほどの既視感の方が気に掛かっており、ふいにそれが言葉となって零れる。

「まぁでも、あそこで出会ったのがおにぃじゃなくて、はるちゃんで良かったよ」

「へ？　なんで？」

「あぁいう時ってさ、おにぃは頼りにならないというか、あたしはるちゃんによく守ってもらった覚えがあるんだよね」

――だからその背中を見て、好きになった。

姫子は続くその言葉を、唇を尖《とが》らせながら飲み込む。

だが春希は意外そうに目をぱちくりとさせ、うーんと唸《うな》り、腕を組みながら人差し指を顎《あご》に当てる。その姿はかつてのガキ大将じみた姿からは想像出来ないほど可憐《かれん》で可愛らしい。姫子の眉間《みけん》の皺《しわ》が、ますます刻まれる――その時だった。

「そんなことはないと思うけどなぁ。まぁでも隼人ってそういうのわかりにく――」

「わうっ！　ばうわうっ！　わう〜〜……わんっ！」

「「っ!?」」

姫子と春希のそばに茶色と白色のマーブル模様の何かが勢いよく駆けてくる。

かなりの大きさの犬だった。体高は腰ほどまでもあり、立ち上がれば姫子の背丈よりも高いだろう。もし飛び掛かられれば無事ではすむまい。

一体どうして？　飼い主は？　早くここを離れた方が？

突然のことにぐるぐると思考を空回りさせていると、春希がひょいっと鞄《かばん》を投げ渡す。

「ひめちゃん、これっ！」

「は、はるちゃん⁉」

そして同時に、引き絞られた矢のように駆け出した。わけがわからなかった。

だが、春希の背中の向こうに小さな女の子の姿が見えて、状況を理解し、息を呑《の》む。

「危ないっ！」

「ふぇ……あっ⁉」

「きゃふっ！」

春希は大型犬に、斜め後ろから飛びついた。うまい具合に抱き着き、注意を小さな女の子から春希に向けられる——そこまではよかった。

「わんっ！　わんわんっ！　わふっ……はっはっはっはっ」

「みゃっ⁉」

ドサッという音が響く。

春希の腕をするりと抜け出した大型犬は、くるりと身を翻したかと思うと春希を押し倒していた。尻《しり》もちをついた状態の春希にそのままのしかかっていく。

頭の中が真っ白になる。どうしていいかわからない。だけど自然と兄の顔が思い浮かび、スマホへと手が伸びていた。

『どうした、姫子？　スーパーに売ってなか――』

「ど、どどどうしようおにぃちゃんっ、はるちゃんが襲われて押し倒されてて大変で！」

『っ!?　待てどういうことだ、一体何が起きてるっ!?』

「こ、こらー、れんとーっ！　二階堂さんから離れてーっ！」

「わぷっ、ちょ、動けっ……みゃあぁあ舐《な》めないで髪食べないで!?」

「わん、わんっ！　はっはっはっはっ、わん！　わふっ！」

「……その、涎《よだれ》まみれになりそうで大変で、どうしたらいいかな……？」

『え、犬？　涎？　一体何が起きてる……？』

スーパー近くの住宅街にある、遊具の少ない小さな公園。

そこのベンチに腰掛けた春希はシュンと背を丸めながら、姫子のお説教を受けていた。

視線は濡《ぬ》れたハンカチに包まれた、春希の足首に注がれている。

先ほど犬に押し倒された時に捻《ひね》ってしまったのだ。姫子は眉《まゆ》を吊《つ》り上げる。

「まったくもぉ！　もぉもぉもぉ！　はるちゃんは昔からおにぃと一緒で考えなしのとこ

ろがあるんだから！　足じゃなく顔に怪我したらどうするつもりだったの⁉」

「うぅ、面目ないれす……」

「あのっ、二階堂さんは私を助けようとしてくれてそのっ、お手柔らかにといいますか」

「い、いいんです！　たまにはガツンと言わないとはるちゃん、わかんないんだから！」

そこへ大型犬に襲われそうになっていた女の子がまぁまぁと窘めてきた。

ちなみに犬は尻尾《しっぽ》を振りながら彼女に身体をくっつけ、行儀よくお座りしている。ラフコリーのれんとくんは彼女のご近所さんの子らしく、よく懐いている。

改めて近くで見れば、小柄で可愛らしい女の子だった。姫子の視点からも、くりくりの癖っ毛の旋毛《つむじ》が見えてしまうほど小さい。スーパーの帰りなのか、持っているエコバッグからは長ネギがぴょこんと青い部分を見せている。

しかし、着ている地味な若葉色のシャツを豊かに押し上げている場所に目をやれば、口元が引きつってしまう。そして誤魔化すようにこほんと咳払《せきばら》い。

「それよりもキミ、大丈夫だった？　怪我はない？　えらいねー、お使いの帰りだったのかな？　ていうかいつも何食べれば大きくなるのかな、最近の子は発育がいいねー？」

「え、あ、わっ、その大丈夫です、って、食べっ、発育っ⁉」

視線は胸に釘付《くぎづ》けだった。そしてご利益あれとばかりに、わしわしと女の子の頭を撫でまわす。恥ずかしがって身動《みじろ》ぎされるが知ったことではない。姫子の目は真剣だった。

「そういやはるちゃんのことを二階堂さんって言ってたねー、知り合いなのかなー？」

「えっと学校の、野菜の、園芸でっ」

「あーひめちゃん、その子は三岳《みたけ》さん。ボクの同級生」

「…………え？」

　撫で回していた手が止まる。ギギギと固まった首を回して春希を見れば、大げさに肩をすくめて、ニヤニヤとした視線を返される。

「あれあれ～、もしかして三岳さんのこと、年下だと思っちゃってた？　ひめちゃんよりよっぽど大人なところを持っているのに～？」

「は、はるちゃんうるさいっ、三岳さんごめんなさいっ！　それにまだせーちょーきだもん、これからだもん！」

「そうだねー、そうだといいねー」

「ぐぎぎ……その余裕のある顔、むかつくっ！」

「……あは、随分仲が良《い》いんですね。それに二階堂さん、学校の外じゃそんな感じなんだ……ふふっ、少し意外です」

「「っ!?」」

三岳みなもの笑い声で我に返る。随分はしゃいでいたようで、少し気恥ずかしい。

そして、何かが引っ掛かっていた。

「あはは、バレちゃったかー……変、かな？」

「いえ、そんなことないです！　こっちの方が親しみやすいと言いますか、その……」

そういえばと、先ほどのことを思い出す。

春希はクラスメイトに対して猫を被《かぶ》っていた。だが今は、初めから取り繕おうともしていない。なんとなく、ピンとくるものがあった。

「あ、なるほど、そっか。三岳さんは、はるちゃんの学校の友達なんだ」

「ふぇえっ、私が二階堂さんの⁉　そんな友達だなんて恐れ多いといいますかっ……」

「え、違うの、ですか？」

姫子の予想に反し、三岳みなもは妙に赤くなって慌てだす。

首を傾げて隣に視線を移せば、妙に気恥ずかしそうな春希が手を差し出していた。

「友達……うん、友達だね、学校の、園芸の……ねっ⁉」

「え、あ、はい！　そうですね、学校の園芸の友達！　あのそのよろしくお願いしますというか、れんとくんを飼い主のところに戻さないとだからこれで失礼します！」

「「あ！」」

「きゃふっ⁉」

春希の手を握り返し、上下に過剰なまでブンブンと振った三岳みなもは、顔を真っ赤にしたかと思うと、その勢いのままれんとを引き摺《ず》るようにして去って行く。

あっという間の出来事だった。春希も「相変わらずだなぁ」と苦笑を零《こぼ》すのみ。

「姫子、春希！　一体何があったんだ？」

「あ、おにぃ！」

姫子が呆気《あっけ》に取られていると、彼女と入れ違いで怪訝《けげん》な顔をした隼人がやって来た。

そして春希が捻って赤くなった足首を見れば、これ見よがしにふぅ、と呆《あき》れたため息を吐いて眉をひそめる。

「ばーか、なにやってんだよ」

「いきなり酷《ひど》くない⁉」

「ったく、春希は……ほれ」

「っ⁉」

そして隼人は特に事情を聞くこともなく、春希の目の前でしゃがんで背を向けた。

とても自然な行動だった。姫子はその瞬間、何かがストンと胸に落ちる。

「あのー、さすがにボクもこの歳になっておんぶは恥ずかしいと言いますか……」

「でもその足じゃ歩くの大変だろ？　とりあえずうちでいいか？」

恥じらう春希を強引に背負い歩き出す。さも当然といった様子で妙にしっくりとくる。

それはかつて幼い時、月野瀬でよく見た光景でもあった。

山で怪我をした時。

川で靴をなくした時。

家で昼寝をしてそのまま起きなかった時。

（……あ、そっか）

なんてことはない。

姫子が春希の背中を見てきたように、春希も隼人の背中を見てきたのだ。

――あの頃から、ずっと。

胸に手をやれば、姫子の胸にチクリと刺さっていた棘《とげ》のようなものが疼《うず》いて抜ける。

「……さすがに子供のころと比べると重くなったな」

「ちょ、ダイエット中の乙女に重いとか！　この〜〜っ！」

「おい待て悪かった、耳を引っ張るな！」

目の前では、あの頃と変わらずじゃれ合う兄と幼馴染《おさななじみ》の姿。

「まったくもぉ、おにぃは相変わらずデリカシーがないんだから！」

「そうだよひめちゃん、もっと言っちゃって！」

「はいはい」

はぁ、とため息を１つ。姫子は２人の目の前に小走りで躍り出る。

そして背中を向けて、２人の前を行く。

その顔は、少しだけ寂しくも、晴れやかなものだった。

第6話　遊びに行こう！

雲一つ無い朝。夏の太陽は燦々《さんさん》とアスファルトを照らし、熱している。

隼人《はやと》は憎々しげに太陽を一瞥《いちべつ》し、学校に向かう。

「暑《あち》い……」

緑が少ない都会は、ただ歩くだけでも汗でびっしょりになってしまうほど暑い。

汗で張り付いたシャツに辟易《へきえき》しながら校門をくぐり抜け、畝の作られた花壇を目指す。

歩きながら、鞄《かばん》の中の入部届を再度確認する。

周囲に太陽を遮る物がないその場所は、日当たり良好といえば聞こえはいいが、朝早い時間にもかかわらず、既に茹《う》だるような暑さになっていた。

「うわ、トマトの茎にツブツブがびっしり生えてるんだけど!?　三岳《みたけ》さんこれって大丈夫？　病気じゃないの？」

「二階堂《にかいどう》さん、それは気根という根っこなんですよ」

「え、これが根っこなの!?」

「はい。水や栄養が足りてないと出てくるみたいですが、トマト自体乾燥地帯の作物ですので、なかなか加減が……」

　隼人は驚きを隠せなかった。

　三岳みなもだけでなく、どうしたわけか春希《はるき》も一緒になって野菜と格闘していたからだ。

　2人とも額に大粒の汗を浮かべ、草むしりをしていたからなのか、顔には葉っぱや土を付けている。

「……何やってんだ？」

「あ、霧島《きりしま》さん！　おはようございます」

「おはよ、霧島くん。何って……収穫とか色々花壇？　のお手伝い」

　それは見ればわかることだ。何故春希がここに居るかがわからない。

　完全に学校では隼人だけにしか見せない素の部分も見せており、三岳みなもとも随分親しげな様子だ。今も話しながら手分けして剪定《せんてい》をしており、時折「ここ切った方がいい？」などと三岳みなもに訊《たず》ねている。チクリと胸が騒《ざわ》めく。

（まぁ、春希が良いならいいんだが……）

　意外な光景ではあった。しかし2人とも仲良さそうに野菜の世話をしている。

機嫌の良さそうな春希の姿を見れば、何も言えなくなってしまう。

「あの、霧島さん……」

「っ！　どうしたんだ、三岳さん？」

「トマトの気根ですが、その、これって大丈夫なんですか……？」

そこへ三岳みなもがこっそりと話しかけてきた。どこか不安そうな顔をしている。

トマトの気根は、イボが何十個も密集してびっちりと生えてくるものである。正直ちょっと不気味だ。春希には自信満々に答えていたものの、やはり気になっているらしい。

「最近雨も降ってなかったし、水不足だろうね。大丈夫、病気とかでもないし実とかへの影響はないよ。実際よく出来ちゃうものだしな」

「そうですか。よかったぁ……」

その言葉を受けて、三岳みなもはふにゃりと安心した笑みを浮かべた。頭では分かっていても心配があったのだろう。手塩にかけて育てた作物は我が子同然なのだ。

三岳みなもは憂いのない様子で、うきうきしながら癖っ毛を揺らし花壇の方へ戻っていく。その後ろ姿はやはり源《げん》じいさんのメェメェに似ているなと、くつくつと喉《のど》を鳴らす。

「ふ～ん」

「おわっ、はる……二階堂」

そしていつの間にか春希が傍に来ていた。ジト目で鼻を鳴らしている。

春希は腕を組んでうんうんと頷《うなず》く。そして隼人と三岳みなもを交互に見ては、ふぅっと大きなため息を吐いて肩をすくめた。

「いや、三岳さんだなぁって」

「なんだよ、それ」

そう言って、笑った。どういう意味かよくわからない。

隼人は眉間《みけん》に皺《しわ》を寄せつつ、こっそりと春希に話しかける。

「……その、大丈夫なのか？」

何が、とは聞かない。わざわざ言わなくても春希にはこれで通じるだろう。

「三岳さんは良い子だし、その、園芸友達だしね。だから大丈夫」

「そうか……いや、それもだけど、日焼け大丈夫か？　対策していないと、結構焼けてしまうぞ」

「うっ……ちょ、ちょっとくらいなら、って霧島くんはどうなのさ？　結構焼けちゃってるの？」

「おい、ちょっと！」

そう言って悪戯《いたずら》っぽい笑みを浮かべた春希は、ペロリと隼人のシャツをめくった。

そして「ほぅほぅ」なんて言いながらジロジロと、お腹と腕や顔の部分を見比べる。

隼人は突然の春希の行動にビックリして立ちすくみ、その遠慮のない視線を受けて気恥ずかしくなってしまう。

「なるほどなるほど、お腹は見事に白いね。腹白さんだ。ってうわ、結構いい腹筋してない⁉ ね、ね、ちょっと触っていい？ 先っちょだけ、先っちょだけだからさ！」

「わはは、やめ、やめろって！ 指先くすぐった……っ」

「あはは、いいじゃんいいじゃん。表面は柔らかいし、なんか変な感じ～」

「ちょっ、もうやめっ……二階堂……ッ！」

「えー、ちょっとくらいいいじゃん、ね？」

「そう、じゃなくて！ アレ！ 三岳さん……っ！」

「……あ」

隼人が示した先には、顔に手を当てあわあわする、三岳みなもの姿があった。

彼女の視線は春希と隼人の顔と隼人の腹に向けられており、明らかに見慣れぬ異性の肌に赤面し、落ち着きがない。

「あのその、仲が良いのはいいことなんですが、ここはお外だし、あぅぅ……え、えっちなのはダメだと思いますっ！」

「三岳さんっ……おい、春希！　あーくそ、入部届もまだ渡していないのに」

「あ、あはは、ごめん。ちょっとはしゃぎ過ぎたかも」

三岳みなもは純情だった。お腹という、普段は人に見せぬ異性の部分を見せられ、羞《しゅう》恥《ち》のあまりすごい勢いで立ち去ってしまう。

「……どうすんだよ」

「ぼ、ボクからも後で誤解を解いとく……」

春希は気まずそうにしつつも、どこか機嫌の良さそうな声色だった。

その表情は子供の頃によく見た、失敗しちゃったね、とか次からは気を付けよ、といった、反省しているんだかしていないんだかの悪ガキの顔そのものである。

なんだか呆《あき》れるようなため息が出る。

「ほら、ボクたちも遅れないように教室行こ？」

「……あぁ」

隼人はどこか、春希がいつもより浮き立っているかのように感じた。

朝、春希とそんなことがあったものの、その後はいつも通りの様相だった。

そして昼休み。

秘密基地に向かおうとしていたら、またも海童《かいどう》一輝《かずき》が隼人を訪ねてきた。

「やぁ、霧島くん。お昼はどうする？」

「俺は別にお前と……って、いきなり隣に陣取るなくつろぐな！」

「まぁまぁそう言うなよ、霧島」

彼に続き森《もり》もやって来て、隼人は2人に囲まれる形となる。2人ともニシシと悪だくみをするかのような笑みを浮かべ、隼人を逃がすつもりはないらしい。

（何で海童は俺に構ってくるんだ……）

どうしたわけか、隼人は彼に気に入られてしまったらしい。

ちなみに以前と違って、他の男子や女子がやってくる気配はない。

『はは、霧島くんと男同士の話がしたいからさ、女の子は遠慮してほしいな』

先日、海童一輝がお願いした言葉だった。それによって女子は離れ、また女子を目当てにしていた男子たちも当てが外れたとばかりに遠のいた。現金なものである。彼女持ちの森だけが、依然として面白がって来ている。

とにかく、何故海童一輝が隼人を気に入ったのかはわからない。知り合った切っ掛けからして、あまり良いとはいえない印象のはずだ。

（それにこいつ、春希のことが——なんだよな……）

噂を思い出す。そのことを思うと、隼人は苦虫をかみつぶしたような顔になる。

それをどう解釈したのか、森と海童一輝は顔を見合わせ揶揄《からか》うように話しかけてきた。

「もしかして霧島くんは、女子が居た方が良かったのかい？」

「はは、それがな海童、霧島には既に気になるお相手がいるみたいなんだ」

「へぇ、誰だい？　僕の知ってる人？」

「二階堂さんの幼《おさな》馴《な》染《じみ》の——むぐっ」

「おい、森っ、このっ！」

海童一輝の目が輝き出す。隼人はややこしい話をしようとする森を必死になって止めた。

これ以上そのネタで周囲に誤解を招きたくない。さすがに周囲の反応が気に掛かる。

そして今、春希の反応も気になっていた。

先日もお昼を抜け出せず、約束を守れていない。恐る恐る視線を向ければ、にっこりと微笑む春希と目が合った。その瞳《ひとみ》は不満そうな色を隠そうとしていない。

（あとで文句言われても困るしな）

そう思い、森と海童一輝に断りを入れようとした、時のことだった。

「悪《わり》ぃ、今日は俺——」

「私と約束があるんですよね？」

「――へ？」

突如隼人の言葉を引き継いで、いつもよりにこにこした笑顔の春希が、隼人たちの間に割って入ってきた。

「へぇ、そうなんだ二階堂さん」

「えぇ、そうなんです、海童くん」

「ちょっ、おい！」

春希はそれだけじゃなく、強引に隼人の腕を取って引く。思わず周囲からも驚きの声が上がる。

奇妙な光景だった。皆の注目を集めるなという方が難しい。しかし春希と海童一輝は周りの目など知ったことかと、隼人を挟んでにこにこと睨《にら》み合う。

「その約束、どれくらいで終わるのかな？　ここで待たせてもらっていい？」

「図書準備室の整理、結構な手間ですので、今日はもう他を当たった方がいいかと」

「へぇ、それなら僕も手伝った方がいいんじゃないかな、霧島くん？」

「それには及びません。手狭な場所だし、人数が多ければいいってものでもないですので……ね？」

「え？　いやそれは、ええっと……」

そしていきなり隼人の方に水を向けられれば、狼狽《うろた》えてしまう。もちろん、図書準備室の整理の話なんて初耳だ。

どういうわけか噂の渦中の二階堂春希と海童一輝が、まるで霧島隼人を取り合っているかのような構図になってしまった。隼人じゃなくてもどう答えていいかわからないだろう。

（ぎ、擬態はどうしたんだよ!?）

どういうことかと春希を見てみるも、不敵な、そしてどこか怒っているかのような瞳をにっこりと返されるのみ。

そして海童一輝は、そんな春希の姿が心底可笑《おか》しいとばかりに肩を震わせる。それを見た春希は、ムスッとした表情に変わる。何とも言い難い空気だった。

「ほら、行きましょう、霧島くん！」

「え？　あ、あぁ……」

そして痺《しび》れを切らした春希は、もう話すことはないといわんばかりに、ぐいぐいと隼人の手を引き教室を後にする。

教室を出る際に振り返る。呆気《あっけ》にとられる森と、笑いを堪《こら》える海童一輝の顔が見えた。

「あーらら、フラれちゃったか」

そんな海童一輝の呟《つぶや》きとともに、教室は喧騒《けんそう》に包まれる。

「……どうやって化け猫を退治したのか気になるよね」

そして彼の呟いた言葉は、周囲の声によって搔《か》き消されるのだった。

図書準備室は、文字通り図書室に隣接されている。

図書室自体が教室などのある場所からは外れの方にあり、また食堂とは逆方向にあるということもあって、昼時は人の気配がほぼない。どこか寂し気なところでもあった。

「春希、これはどこにやればいいんだ？」

「ボクの横に置いといて。それからこの仕分けしたの、そっちに持ってってちゃって」

「あいよ」

そこで隼人と春希は、黙々と作業を続けていた。淡々としており、少しだけ気まずい。

だけど春希の方をチラリと見てみれば、その首筋と耳が赤かった。

どうやら先程の行動を思い出して、気恥ずかしくなっているようである。

（……ったく）

隼人は呆れ気味にため息を吐き、周囲を見回す。

図書室の受付カウンターの奥から入れる図書準備室は、いつも隼人と春希が使っている秘密基地と同じく、6畳ほどの広さがあった。きっと同じ規格なのだろう。

あちらこちらに業者が新規に納入した本、返却されてそのまま積まれている本、経年劣化などで破損し修理が必要な本などが雑多に置かれており、これらを整理したり貸し出しカードを処理したりするのが、春希に言われた用事だった。

とにかく数が多く、春希が言うように手間が掛かる。単純だが地味な作業だ。

（これも擬態の一環、か……）

チラリと春希の方を見てみれば、作業をしている手際はとても手慣れているように見えた。この調子ならば、手分けをすればじきに全て終わるだろう。

そんな余裕を感じたからこそ、隼人は気になっていたことを口から零《こぼ》していた。

「で、今日はどうしたんだ？」

「どうした、って？」

「今朝といい、さっきといい、なんていうかその……」

「あーうん、らしくなかった？」

「……あぁ」

自覚はあるようだった。春希は作業の手を止め、どこか困ったような顔を向けてくる。

最近の春希は少し変わった。

どこか壁のようなモノを作っていたが、それがある程度取っ払われクラスの女子たちに可愛がられているところも目にしている。きっとそれは良《い》いことなのだろう。だが隼人の声色は、少し非難めいた色をしていた。

「擬態、解けるとやばいんじゃないのか？」

「……うーん、それなんだけどさ。少し思うところとかもありまして」

「ん、思うところ？」

「それにさ、多分もう必要ない……とも思うんだよね」

「そうなのか？」

「あはは、でも長年の癖として染みついちゃってるところがあったりするわけでして」

「…………そう、か」

擬態。良い子の二階堂春希であること。必要があってしていること。

しかしそれは春希を人気者たらしめている要因でもあり、そしてひどく孤独へと縛っているものでもある。

「ね、隼人。なんていうかさ、上手《うま》く言えないんだけど、うーん……」

「なんだよ、春希？」

春希は急に隼人の名前を呼んだかと思えば、人差し指で自分のその長い髪をくるくると玩《もてあそ》び始めた。頬はほんのりと赤く染まっており、もじもじと躊躇《ためら》っているのも分かる。

そして恥ずかしそうにしつつも、意を決したと言わんばかりに口を開く。

「ボクね、色々と頑張りたい。変わりたい」

「……そう、か」

なんて答えていいか分からなかった。

変わることが悪いはずがない。事実、ここ最近の春希の変化を見れば、頭では良い方向に作用しているとも思える。だけど、どうしてか胸がもやもやとしてしまう。

眉間《みけん》に皺《しわ》が寄る。きっと、複雑な表情をしていることだろう。

「な、なんてね！」

春希はそんな隼人の顔を見て、気恥ずかしくなったのか、慌てて目を逸《そ》らす。そして目の前の書類などをかき集める。

「は、はい！　これを受付に戻せばおしま……あっ！」

「春希っ！」

よほど照れ臭く、動揺もしていたのだろう。それらを誤魔化すように気が急《せ》いていた春希は、積み上げられていた本に足を蹴《け》躓《つまず》かせてしまった。

顔から床に打ち付けそうになった春希を、隼人は間一髪、身体を差し込んで正面から抱きしめる形で受け止める。そしてガツンと、背中をスライド式の扉に強く打ち付けた。

「痛《つう》ーっ！」

「隼人っ!?」

「春、希、は、大丈夫か……？」

「う、うん、ボクは大丈夫！」

「そうか、よかった……」

　間一髪だった。

　目の前の春希は隼人の腕の中にすっぽりと収まっている。

　女性特有の柔らかな感触や鼻腔《びこう》をくすぐる少し甘い香りを存分に楽しめる状況――ではあるのだが、その代償は大きかった。

　頭こそ打たなかったものの、ズキズキと痛む背中は尋常ではなく、とてもじゃないが腕の中にいる校内でも有数の美少女を堪能《たんのう》する余裕はない。

「す、すまん、ちょっと痺れて動けそうにない。暫《しばら》くこのままでもいいか？」

「う、うん。ボクはいいけど」

「悪いな」

「は、隼人は悪くないよ！」

　春希の頬はこれ以上なく赤くなっていた。

当然だ。傍《はた》から見れば随分と際どい格好である。

扉にもたれかかる隼人に抱きしめられ、女性上位の状態で乗りかかっている様は、見方によっては、まるで春希が襲い掛かっているようにも見えるだろう。何よりこれ以上なく密着している。

春希はといえば嫌でも隼人の存在を強く感じてしまっており、その心臓は破裂せんばかりにけたたましく鳴り響いていた。だが隼人自身は、そんな春希の様子を気にするどころではない。

「ね、先輩！　ほら言った通り誰も居ないみたいですよ」

「本当だな。まぁ場所も場所だからなぁ」

「「っ⁉」」

その時、図書室の戸がガラリと開き、誰かがやって来た。

声からして男女の、それもカップルのようだ。誰であれ、今の隼人と春希の姿は見せられる状況ではない。その場でじっと、息を殺す。

「って、図書室で飯とか食ってよかったっけ？」

「あ、ダメかも。でも誰もいないからキスはできますよね」

「おい、どういう理く……んっ」

「ん……ちゅっ、んん……えへへ、会えなくて寂しかったので、先輩成分を補給です♪」

「会えなくてって、今朝も会ったし、毎日顔を合わせてるだろう？」

「そういうんじゃないんですぅ！　意地悪言って、もう、んんん〜っ！」

「んん、ちょ、おい、飯どうすんだよ」

「先輩の味見が先かな〜んふっ」

彼らはただのカップルでなく、結構なバカップルだった。人目という枷《かせ》が外れた2人の暴走《いちゃつき》を止めるものは、この場に存在しない。

おかげで隼人と春希の間には、これ以上ないくらいの気まずい空気が横たわっていた。

「「……」」

扉越しに聞こえてくる荒く悩まし気な吐息、くぐもった声、そして時折聞こえる艶《なま》めかしい衣擦《きぬず》れの音。隼人と春希はお互い顔を真っ赤にしながら、このバカップルが去るのを期待するも、エスカレートしていく一方でその気配は一向に訪れない。

まずい状況だった。

隼人は背中の痛みから回復していくにつれ、正面から感じる春希の男とは違う重みや熱、柔らかさが鮮明に感じ取れるようになっていく。

「（――っ！）」

「（……ぁ）」

このままではいけない。

慌てて抱きしめていた腕をゆっくり解《ほど》くも、春希は小さく切なげな声を上げた。更には潤んだ瞳《ひとみ》で寂しげに、抗議とばかりに見つめてくる。

痛みやら春希の柔らかさやら甘い香りやら色々で、頭がどうにかなってしまいそうだった。普段あまり意識することはないが、春希が女の子だということを、嫌でも理解させられてしまう。

（……あぁ、くそっ！）

だけど春希に、この幼《おさな》馴染《なじみ》に、そうした劣情に火を灯《とも》しかねないのは、ひどく裏切る行為に思えた。自分自身が汚い存在だと思えてしまう。

隼人は静かにガシガシと頭を掻き、小さくゆっくり息を吐く。

そしてなるべく扉の向こうに聞こえないよう、春希の耳に口を寄せて呟いた。

「（どうする？）」

「（っ!?）」

その拍子に、ビクリと春希の肩が跳ねた。

ぎゅっと、その震える小さな手で隼人の胸を掴《つか》んでくる。

「（…………し）」

「（し？）」

「……」

「……」

そしてひどくしかめっ面をしている隼人の顔を覗《のぞ》き込み、何かに気付いたのか、みるみるうちに顔を紅潮させていく。

「……みゃ～～～～～～っ！？！？！？」

「「っ!?」」

そしていきなり、羞恥《しゅうち》の叫び声を上げた。両手を上げて仰《の》け反って、その目はぐるぐると回している。だが驚きという点では隼人も負けていない。

「お、おい！　いきなり何を……向こうに気付かれるぞ!?」

「だ、だだだ、だって！　今ボクそのえっと……みゃ～～～っ！」

「春希っ!?」

ザザザと隼人から飛びのいて、顔を手で覆いながらブンブンと頭《かぶり》を振る。もはや扉の向こうなど知ったことかという様相だった。

「ぼ、ボクその……ご、ごめんなさいっ!?」

「おい、ちょっと!?」

そう言って春希は図書室から外へと飛び出していく。あっという間の出来事だった。

幸いなことに、こちらの声に気付いた例のカップルは、既に抜け出した後である。

「……なんなんだよ」

残された隼人は、独り言《ご》ちるのだった。


「……はぁ」

昼下がりの午後の授業、古文の時間。

物憂げな顔で頻繁にため息が吐かれる春希に、皆の視線が集まっていた。

普段の春希は教師陣にも覚えがめでたい優等生だ。教師としても、普段と違う授業態度の春希を見れば、何事かと声を掛けずにはいられない。

「あーその、二階堂。どこかわからないところがあったか？」

「えっ……その、特にないです……」

「そうか……では授業を続ける。ここは――」

しかし春希は曖昧《あいまい》な笑みを浮かべて誤魔化すだけ。そう言われると教師としても、特に何も言えなくなってしまう。

今日の二階堂春希は、どこかおかしい。それが教室内での共通認識になっていた。

隼人はどうしたことかと春希の様子を見てみるが、その視線に気付かれれば慌てて目を逸らされてしまう。チラリと見える耳はほんのり赤く染まっている。

（……どう考えてもさっきのことだよなぁ）

隼人も昼休みのことを思い出してしまい、ガリガリと頭を掻《か》く。

何か妙案が浮かぶわけでもなく、このギクシャクした空気のまま、授業は過ぎていった。

そして訪れた放課後。

未《いま》だに昼間の事を引きずっているのか、春希は憂いを帯びた顔色のままだった。

春希は良くも悪くも竹を割ったような性格だ。昔から後に引きずることはなく、喧嘩《けんか》しても次の日にはケロリとして遊ぼうと誘ってくる。

現に再会してからも、さっきの昼休みの様に際どいことも何度かあった。だけど尾を引くことなく、次の日には屈託のない笑顔を向けてきてくれた。だからどうして、今回に限ってこんなにも引きずっているのかわからない。調子が狂ってしまう。

（……昼間のはただの事故だしなぁ。一応、俺は何とも思ってないとでも言っとくか）

何かしら話は必要そうだった。よし、と自分の頬を叩《たた》いて気を取り直した隼人は、意を決して春希に話しかけてみる。

「なぁ、二階堂」

「な、ななな何でしょう、き、霧島くんっ⁉」

「あー、そのだな……」

過剰な反応だった。話しかけた隼人の方がビックリしてしまう。

これでは話どころでなく、周囲にも何かがあったと言ってしまっているようなものだ。現に妬《ねた》み混じりの男子の視線と、興味混じりの女子の視線が突き刺さるのを感じる。

「や、やっぱ何でもねぇ」

「そう、ですか……」

そのくせ話を切り上げるとシュンとした顔を覗かせて、ズキリと罪悪感すら抱いてしまう。

しかし残念ながら隼人は、この奇異な注目を浴びている状況から話を続ける度胸と、彼らを納得させて誤魔化すコミュニケーション能力は持ち合わせていなかった。

（あぁくそっ、還暦越えたジジババ相手なら色々気にせず言えるんだが！）

隼人は自分のこうした経験値不足を嘆き、情けなさからため息を吐いて頭を掻こうとして——そんな隼人の肩をトントンと叩く者が居た。

「うんうん。霧島くん、いいからここは私に任せたまえ」

「……え？　えーと確か、伊佐美《いさみ》さん……？」

振り返ると、そこには最近春希によく絡んでいる女子が居た。明るい髪と性格が特徴的な子である。

彼女はニヤリと獰猛《どうもう》な笑みを浮かべると、隼人に向かって親指を立てながら春希の傍へと駆け寄っていく。

「二階堂さん、ちょっと話いいかな？」

「伊佐美さん？　はい、いいです——みゃっ⁉」

そしていつもと様子の違う春希のところに集まるのは、何も彼女だけではなかった。

「あーしたちも、ちょーっと聞きたいことがあるんだよね」

「悩みとかさ、色々聞いてあげたくなるじゃん？」

「ついでに幼馴染の、そのご家族の話も聞こうか！」

春希はあっという間に囲まれてしまった。みゃ～みゃ～情けない声も聞こえてくる。

隼人は驚くものの、それにどうすべきかの答えは持ち合わせていない。近くで耳を立てていても、女子特有のけたたましく目まぐるしい状況の変化についていけず、眉間《みけん》に皺《しわ》が寄る。

「はは、すまんね、うちの彼女が」

「森……って、彼女⁉」

今度は森がトントンと肩を叩いてきた。その中に聞き逃せない単語があり、ひどく胸が騒《ざわ》めく。

「恵麻《えま》のやつ強引だからな……ご愁傷様、二階堂。ほれ」

森に促されて春希の方を見てみれば、彼女に耳打ちされている春希の姿が見えた。

そしてたちまち顔を真っ赤に染め上げつつもコクンと頷《うなず》けば「きゃ〜〜〜っ！」と女子たちの興奮した声が聞こえてくる。

「てか二階堂さんが素直に来るのって珍しいっしょ」

「それだけ悩んでるってことだし？」

「そ、そういうわけじゃないんですけどっ⁉」

そして、春希は森の彼女こと伊佐美恵麻たちに先導される形で教室を出ていく。必死に何かを弁明しているが、その表情はどこか売られていく子牛のようにも見えた。

一方伊佐美恵麻はその去り際、隼人と森に向かって『そういうわけだからごめんね』とでも言いたげな悪戯《いたずら》っぽい顔で手を振った。恋人というより親友といった感じで、随分と気心の知れた間柄に見えた。

隼人はそんな彼女と森の顔を交互に見る。どこか呆気《あっけ》にとられているかのような隼人の視線に気付いた森は、肩をすくめて苦笑い。

「恵麻とはな、腐れ縁の幼馴染なんだ」

「っ！　そう、なのか……」

隼人は森の言葉に、思わずビクリと肩を震わせ動揺する。

幼馴染。今の隼人と春希を表す関係。

「でさ、霧島」

「なんだ？」

「帰り、どっかに寄ってかないか？」

「……あぁ」

だから隼人は反射的に、そして神妙に頷くのだった。

森とやって来たのは、駅前にあるファミレスだった。

放課後のまだ早い時間ということもあり、同じ様な学生客もそれなりに見受けられる。

「くっ、あははははっ！　霧島って本当にファミレス初めてだったのな！」

「……悪《わり》ぃかよ」

「ははっ、ごめん、ごめんて！」

ボックス席では森が腹を抱えて笑っていた。その対面にいる隼人はブスッとした表情で、唇を尖《とが》らせている。その原因は、隼人がタッチパネルとドリンクバーに戸惑い、無様な姿を晒《さら》してしまったからだった。

オロオロと上擦った声で『これちゃんと注文出来ているのか？』『本当にいくら飲んでもいいのか？』などといった台詞《せりふ》が、森のツボにはまってしまったらしい。

隼人は気まずそうにしながらアイスティーを啜《すす》る。

そして森はひとしきり笑い終えた後、仕切り直しとばかりに話を切り出してきた。

「で？」

「うん？」

「昼間何があったんだ？」

「何って……」

直球な質問だった。だが馬鹿正直に言えるものでもない。

ズズズとストローの音を立てながら顔をしかめる。

（でもなぁ……）

しかし何も話さなければ今日の春希の態度から、想像を変な方に加速させてしまうかもしれない。どうしたものかと必死になって考え、言葉を選ぶ。

「そのだな、準備室の方で色々整理していたら、図書室の方にカップルがやってきてイチャつきだして、それでまぁ、うん。そんな感じだ」

「なーる。それは色々気まずくなるよな。二階堂、モテるわりにそういうの苦手なんだ？」

「んー、モテるといっても、どこか壁があって敬遠されているというか、直接告白されたこととかないって言ってたし、そういうのに耐性ないんじゃないか？」

「へぇ、なるほどね。ていうか霧島、二階堂の事情に随分詳しいんだな？」

「そうか？」

「うん。二階堂って滅多に自分のことを話さないし」

「…………ははっ」

しまった、と思ったときには既に遅かった。

森はニヤニヤと隼人の顔を眺めている。春希との間に特別な関係があると言ってしまったようなものだ。変な笑いが零《こぼ》れてしまい、背筋に汗が流れるのを感じる。

さて、どうしたものか——隼人は大きなため息を吐きつつ、ガシガシと頭をかき混ぜた。

「ま、それはさておいて」

「へ？」

「オレさ、伊佐美——恵麻のやつと付き合ってまだ3か月ちょっとなんだわ」

「あ、あぁ……そうなんだ？」

急な話題転換だった。

てっきり春希とのことを追及されると思っていたこともあって、拍子抜けしてしまう。

「幼稚園の頃から顔を突き合わせてるし、何でも知ってると思ってたんだけど……それ、オレの思い違いだったっていうかさ」

「……へぇ」

どういう意図なのかはわからない。

しかしそのやけに真剣味を帯びた表情を見れば、聞き流すことは出来そうにない。

「ゲーセンでぬいぐるみを集めるのが趣味だったり、自分に似合わないと言ってるくせにフリフリの服が好きだったり、親がアレルギーだけどずっと猫を飼いたいと思ってたりだとか……付き合ってからそんな知らなかったことばかり発見するんだわ」

「……惚気《のろけ》か？」

「はは、惚気だ」

「その割には、学校でイチャついてるところとか見たことないな。まだ付き合って3か月かそこらなんだろ？」

森はどこか照れ臭そうにしながら鼻をこすり目も逸《そ》らす。

隼人は今一つ、森の言いたいことを測りかねていた。

「友達期間が長かったし、わざわざ2人で出掛けるようなこともなかったしな。でもさ、デートするようになって、新たな発見して驚きつつも戸惑ってばかりで……だけど色んな恵麻のことを知れて、新鮮だ」

「……そうか」

「まぁその、あれだ。一緒に遊ぶってさ、お互いの色んなことがわかるぞって話だ。別に二階堂のことだけじゃないけれど、今度オレらとも一緒にどこか行かないか？　霧島、いつも帰るの早いしさ」

「そう、だな。それもいいな」

それはお節介なアドバイスのようにも思えた。

変に勘繰られるよりもいいが、どういう風に思われているかと考えると気恥ずかしくなる。それよりも春希のことだと思考を切り替える。

（そういやスマホ一緒に買いに行ったっきり、どこかへ行ったことってないな……）

顔自体は毎日突き合わせている。しかし特別なことはとくになく、日々の生活上の延長線上に一緒に居るというだけだ。

ふと、昔のことを思い返す。

月野瀬《つきのせ》の山やあぜ道に小川、神社や竹やぶに近所の工房。様々な場所を遊び場にして、その辺りに転がっている色々なものを玩具《おもちゃ》にして、笑顔と思い出を重ねてきた。

はるきのことは、学校の誰よりも知っているかもしれない。

セミ取りが好きなこと、ラムネが好きなこと、木の廃材を使って秘密基地を作るのが好きなこと——だがそれらは全て過去のことだ。

一体、今の春希をどれだけ知っているだろうか？

相変わらずゲームが好きで、コンビニ弁当や冷凍食品ばかり食べていて、私服のセンスが壊滅的で——そして一人ぼっち。ふとした時に見せる寂しげな顔が、あの時の姫子《ひめこ》を連想させられることもある。

「遊びに行く、か……」

だからそれは、ひどく妙案に思えた。

たとえ場所やモノが違っていたとしても、かつてと同じように遊べばきっと、笑顔と思い出を増やせるに違いない。隼人と春希の間にある空白を、少しは埋められるかもしれない。

　そのことを考えると隼人の口元は自然と緩んでいき——そして、眉間に皺を寄せた。

「……霧島？」

「いや、そのだな……」

　それを見た森が怪訝《けげん》な声を上げる。

　確かに森の提案は素晴らしいものであったが、1つだけ致命的な問題も存在していた。

「遊ぶって、いったいどこで何をすればいいんだ？」

「あー、そこからかー……くくっ」

　月野瀬に娯楽施設なんて存在しない。休日はゲームか近所の畑仕事の手伝いばかりしてきた隼人にとって、それはひどく難しい問題でもある。

　隼人は笑いを噛《か》み殺して肩を震わせる森を、恨めしそうに睨《にら》むのであった。

「それじゃあな」

「おう、いろいろ見てみる」

　夕飯の準備があったので、話もそこそこで切り上げてファミレスを出た。

　都会の夏の夕暮れは、陽が傾いたとしてもその暑さがなかなか和らぐことはない。店を出た瞬間に噴き出した汗はそのまま引くことはなく、制服を肌に張り付かせて帰路を歩く。

あの後、隼人は森からいくつか遊ぶのにお勧めのスポットを聞いた。

それらの中にはネットやテレビなどで聞いたことのある名称もあったが、よく知らないのでいまいちピンと来ない。渋い顔で食材を選ぶ隼人の姿は、周囲には随分奇異に映ったことだろう。

（春希や姫子なら知ってるかな？）

しかし一方でそんなことを考えれば、自然と笑いが込み上げ、スーパーの袋が軽やかに舞う。どうやら隼人は自分で思っている以上に、どこかへ遊びに行くというのが楽しみになっていたようだった。

「ただいま」

「おかえり、隼人っ！」

「……春希？　どうしたんだ、それ？」

帰宅早々玄関で出迎えてくれたのは、どうしたわけかエプロン姿の春希だった。

オーソドックスな形のパステルカラーのもので、胸元にはプリントされた三毛猫が躍っている。

「買ったんだ。どう？　似合っている？」

「それは、まぁ、うん」

「えへへ」

似合っているかどうかと聞かれれば、似合っているとしか言いようがない。

中身はともかく春希の見た目は、清楚《せいそ》可憐《かれん》で大和撫子《やまとなでしこ》といったものだ。

そんな春希が制服の上からエプロンを着用すれば、家庭的という要素が色濃く付与される。しかも玄関で出迎えてくれるだなんて、同世代の男子なら誰だって憧《あこが》れ夢想するシチュエーションだろう。不意打ちだったとはいえ、隼人も思わずドキリとしてしまう。

春希のテンションは高かった。

エプロンを買ったからなのか、あの後女子たちと話をしたからなのかはわからない。もしかしたら、無理やり気分を上げているのかもしれない。

だけど放課後と違って、いつもの春希に戻っているのを見れば自然と目尻《めじり》も下がる。

そんな隼人の視線に気付いた春希は、少し気恥ずかしそうにしながらエプロンの裾《すそ》を摑《つか》む。だがその眼差《まなざ》しは、やけに真剣だ。

「最近のボクさ、隼人の世話になり過ぎてると思ったわけなのですよ」

「そうか？　精々、夕飯くらいだろう？　食費もちゃんと貰《もら》ってるしさ」

「それだけでも十分なことなんだけど、この間もおぶってもらったし」

「あんなの、昔からよくあったことだろ？」

「ま、隼人ならそう言うだろうと思ったんだけどね」

春希は困った風に、あははと笑う。

事実、隼人にとって世話をしているという認識なんてなかった。感覚的には姫子２人分の相手をしているようなものである。

「ともかく、ボクも考えたわけです。まずはできることから、していこってね。なのでこれからご飯の準備や他の家事のお手伝いさせてください。お願いします」

「おい、ちょ、春希っ！」

そう言って、春希はペコリと頭を下げた。

お手本の様に丁寧で、礼儀正しいお願いだった。隼人はこれまでの人生で誰かにここまできちんと頭を下げられたことなどない。しかも相手は気心の知れたはずの春希である。

驚きよりも戸惑いが先行してしまい、どうしていいかわからず面食らってしまう。

「ダメ、かな……？」

頭を上げた春希はそんな隼人の様子を目にして、不安そうに、そして悲しそうな声を漏らした。隼人は１つ大きくため息を吐き、頭を掻《か》きながら微妙に春希から目を逸らす。

「いや、驚いただけっていうか……あーそのだな、料理は趣味も入ってるし、そんなに気を遣わなくてもいいというか」

「むぅ、でもボクの気が済まないんだよね」

「と言われてもな……」

「それにね、ボクだって女子なわけなのです。一人暮らしだしさ。料理や他の家事が出来るようになった方がいいでしょ？」

「……女子？」

「ちょっ、何その反応!?」

「ははっ、そんなイメージがなくてさ」

「えぇ～、こんな美少女つかまえて何さ！」

「自分で言うか？」

「うん、自分で言っててなんかちょっとゾワッてした！」

「ははっ」

「あはっ」

だけど話しているうちに、なんだか隼人と春希らしい会話になってしまった。

お互い顔を見合わせ笑いが零《こぼ》れてしまい、2人の間に流れる空気もどこか心地よい。

しかし一方で隼人は、春希が真剣に頼んでいるということも分かってしまう。ふざけた風な会話の中でも、春希の手はエプロンの裾をぎゅっと握りしめたままだった。

「やっぱり世話になりっぱなしってさ、悔しいじゃん……」

「…………ぁ」

そして春希はポロリと本音をもらす。何よりも春希らしい言葉だった。どこか拗《す》ねたように唇を尖《とが》らせている顔を見れば、隼人の胸に理解の色が広がっていく。

ふと、自分が春希の立場だったらと考える。

（そうか、一方的に〝貸し〟を作ってばかりなのがイヤなのか）

昔から何をするにしても一緒だったのだ。肩を並べ、対等だった。そう考えると今の関係はどこか隼人が一方的で、なんとなく今日の行動も分かったような気がした。

「そうだな、手伝ってくれるか？」

「ぁ……うんっ！」

そして隼人は手を伸ばす。春希はエプロンの裾から手を離し、その手を握る。

「おにぃ、いつまで玄関に、っていうか2人して何してるの？　面白い話？　ごはんまだ？」

そこへふと、どこか不機嫌な様子の姫子が顔を出す。どうやら笑い声を聞いてやってきたようで、仲間外れにされたと思ったのかへそを曲げた様子だ。

「はは、何でもねぇよ」

「ちょ、おにぃ！　頭撫《な》でるな髪が乱れる誤魔化すな！」

「あはは、ひめちゃん。単に制服エプロンってエロいねって話だから、隼人も言いにくいんだよ」

「……おにぃ？」

「ちょっ、春希!?　って姫子！」

慌てる隼人をジト目で睨む姫子。

春希はそんな2人を、まぶしいもののように目を細めて見ていた。

春希に茶化された隼人は、そそくさと台所に逃げ込んだ。後ろからは春希もついてくる。

本日のメインは鶏《とり》むね肉を使った棒棒鶏《バンバンジー》である。

大きめの鍋《なべ》で、お酒と長ねぎの葉と一緒に肉を茹《ゆ》でて冷まして、手でむしり、他にも玉ねぎ、にんじん、大根、きゅうり、トマト、シソの葉を千切りとスライスにする。タレ用にも長ねぎ、生姜《しょうが》をみじん切りにして、練りゴマや醤油《しょうゆ》、みりん、豆板醤《トウバンジャン》を合わせていく。とにかく切るものが多く手間が掛かるのだ。

だけどこうして出来上がった棒棒鶏は、冷たくもピリ辛で食の進む、夏にうれしい逸品だ。しかも低脂肪かつ高たんぱくであり、ダイエットにも適している。

それにワカメと溶き卵の中華風スープを合わせたのが、本日の夕食になった。

「いただきまーす。あ、おにぃ、あたしのところにトマトは入れてないよね？」

「……もし見つけたら俺の皿に入れろ」

「ん～おいしい、ってあれ、今日ってお米ないの？」

「買い置きのパックご飯ならあるぞ？」

「ダイエット中だし、今日は別にいっか」

そんないつものように食事をする隼人と姫子をよそに、春希は1人負のオーラを出していた。

「うぅぅ……」

「……おにぃ、アレどうしたの？」

「あぁ、アレか……」

姫子がこっそりと耳打ちしてくる。

早速ということで、隼人が食材を切っている間に、春希には色々と手伝いを頼んでいた。

お米を研いで炊いてもらうも、なぜか保温ボタン。

掃除機のフィルタを交換してもらうも、ついうっかり手を滑らしての惨劇。

洗濯機を回してもらえば洗剤の入れ忘れ。

いざ家事を手伝おうとするも、よくあるミスを重ねてしまっていた。基本的に春希は昔から色々と小器用だ。それは優等生に擬態している、今の普段の様子からもよくわかる。だけど、今のようにやる気を空回りさせてポカすることが多いのも事実だった。

（そういや昔から新作ゲームすると、興奮しすぎて序盤で無駄死にしまくってたっけ）

隼人はそんなことを思い出し、くつくつと喉《のど》を鳴らす。

春希はそんな隼人の様子を見て、ますます肩を縮こまらせてしまう。

「あーその、今日のメシはどうだ？　初めて作ったんだが、口に合うか？」

「……口惜しい」

「そうか、口惜しいかぁ」

普段なら誰が上手《うま》いことを言えと言った、っとツッコミを入れているところである。だがとてもそんなことを言える空気じゃなかった。思ったよりも深刻で、口元が引きつる。

一方で姫子は、そんな春希を見ながら、どこかしたり顔で頷《うなず》いていた。

「うんうん、わかるよ。だからあたしは早々にあきらめたし」

「でもひめちゃんは年下だし、妹じゃん。ボクは同い年なんだよ？」

「あー、はるちゃんはそれがあるかー」

「だから頑張る……今日のもおいしいしさ、やんなっちゃうよねー」

「ねー」

「……何言ってんだ、お前ら？」

摑みどころのない会話が始まったかと思えば、頷きあう少女２人。

隼人には今一つわからなかったが、それよりも今日は言うべきことがあった。

「なぁ、次の休みって空いてるか？」

「んー、ゲームのアプデはまだ先だけど、積んでるゲームと漫画とアニメを消化する仕事があるね。最近隼人ん家《ち》に入り浸ってるせいか、溜《た》まっちゃっててさ」

つまり何も予定がないと言っているのと同義語だった。しかし春希の顔は妙に真剣で、冗談かどうかの判断を迷う。

「そうか……いや、暇ならどこかへ遊びに出掛けようと思ったんだが」

「え、行く。絶対行くから。行こうっ！」

「お、おぅ。仕事はいいのか？」

「うんっ、そっちよりこっちの方が重要だよ！」

凄《すご》い食いつきだった。

先ほどまでの気落ちはどこへやら、心なしか目をキラキラとさせており、ダイニングテーブルに身を乗り出している。豹変《ひょうへん》とも言える変わりようだった。

だというのに、どうしてか既視感めいたものを感じてしまう。

（あぁ、そうか……）

　かつて幼い時、月野瀬に居た頃。春希は先ほどのように気落ちして、暗い顔をしていることが多かった。今ならそれが、家庭環境に起因するものだというのも推測できる。だけど当時の隼人はそんなことが分かるはずもなく、ただただ一緒に遊びたくて誘って――そしてはるきの笑顔ばかりを見ていた。つまりはそういうことなのだろう。一緒に遊べば笑顔になる。単純な話だった。もっと早く誘えばよかったと思い、隼人はガシガシと頭を掻く。

「でさ、隼人。どこ行くの？　あ、もしかしてどこかいいとこ見つけたの⁉」

「いやそれが、まったく。むしろ知らないからというか……春希はどこか知らないか？」

「うっ、ボクはその、インドア派と言いますか、ええっと……」

「そうだった……」

　遊びに行きたいけれど、どこに遊びに行けばいいか、どうやって遊べばいいか分からない。そんなダメっぷりを発揮する隼人と春希。

　しかし遊ぶ算段をする2人の顔には、どうしたって笑顔が溢《あふ》れている。

（あ、そういや森に……）

ふとそのことを思い出した隼人は、スマホのメモ帳を開こうとする。その時のことだった。

姫子が真剣な表情で、片手をピンと挙げていた。

「はい！　あたし、映画館に行きたいです」

「映画？　姫子、何か見たいやつがあるのか？」

「７６８座席」

「………は？」

「７６８座席、つまりが最大７６８人の人が一気に見られるという、巨大スクリーンがある映画館があるというのです。ねね、興味ない？」

「バカな！　一度に月野瀬の住人の半数以上が見られるじゃないか！」

月野瀬で映画といえば、基本的にレンタルするかネットで配信されるものという認識だ。いわば家庭で見るものだ。

更に言えば最寄りの映画館と言えば、車で2時間はかかる上に、学校の教室よりちょっと大きいかな程度のミニシアターがあるばかり。

だから隼人と、そして姫子にとっても、それほどの規模の映画館は完全に未知の存在であり、そして同時に強く興味も引かれる。

「どれくらい大きいか見てみたくない？　あたし一度は行ってみたい！」

「そうだな、それだけのものとなると、一度は目にしとかないとな。春希もそれでいいか？」

「……え、あ、うん、ボクもそれでいいよ」

「ねね、やっぱりポップコーンって売ってるのかな？」

「それよりも体験型に4D……なんか色々種類あるけど、これってどういうことなんだ!?」

「…………」

　映画館の話題で盛り上がる隼人と姫子の横で、春希は鳩が豆鉄砲を食ったような顔で目をぱちくりさせていた。

「……あーその、もちろん、ひめちゃんも一緒に行くんだよね？」

「当然だろう、春希？　それがどうかしたか？」

「そういや3人で出掛けるのって、久しぶりだよね！」

「あ、あはは……うん、そうだね」

　そう言って春希は、曖昧《あいまい》な笑顔を見せた。

第7話　みなも

その日の空は、朝からどんよりと曇っていた。

隼人《はやと》は通学路を歩きながら、スンスンと鼻を鳴らす。

（匂いは薄いけど、降るかもだなぁ、これは）

隼人は、やってしまったとばかりに眉《まゆ》を寄せる。今朝家を出る前に空を見て、降らないかなと思ったが、確かに雨の予兆を嗅《か》ぎ取ってしまった。どうやらこちらは随分と雨の匂いは薄いらしい。そんなところでも田舎と都会の違いを感じてしまう。

しかし空模様とは裏腹に、隼人の顔はどこか機嫌が良さそうだった。足取りも軽い。

事実、隼人は週末に迫った映画を楽しみに浮かれていた。

姫子《ひめこ》から聞いた映画館の規模は、完全に自身の理解を超えた未知の存在であり、冒険心とも言えるモノがくすぐられる。そこへ春希《はるき》と一緒に行くというのだ。

涸《か》れた井戸、生活モノレール跡、山奥に打ち捨てられた拝殿——かつて色んな場所を探検と称して出掛けたことが想い起こされ、それが余計に期待に胸を膨らませてしまう。

「やぁ、何か良《い》いことがあったのかな、霧島《きりしま》くん」

「うげ、海童《かいどう》……なんでもねぇよ」

しかし学校が近づいてきた大通りで海童一輝《かずき》に出会い、眉間《みけん》に皺《しわ》を寄せた。

「そんなに嬉《うれ》しそうな顔をしているのに？」

「……気のせいじゃないか？」

「はは、じゃあ気のせいでいいや」

「……ちっ」

海童一輝は隼人のそんな反応なぞ知ったことかと、一気に距離を詰め隣に並ぶ。あからさまに邪険にされているというのに、何が楽しいのかにこにこと笑みを浮かべている。

一方隼人は対照的に、しかめっ面でつむじを曲げていく。海童一輝に揶揄《からか》われているのは明白だった。ジト目で彼を見やる。

スラリとして隼人より少しだけ高い背丈に、部活で鍛えられて引き締まった身体、短く刈り込まれつつも丁寧に手入れされた髪型は、彼の爽《さわ》やかで涼し気な目元とよく似合う。同性から見ても、モテそうだなと思う。事実、海童一輝はよく目立つ。

「おはよーっす、海童」

「よっ！」

「あ、海童くんだ。おはよー」

「やぁ、みんなおはよう」

今だって男女問わず、すれ違う生徒たちに声を掛けられている。

そんな彼が爽やかな笑顔と共に返事をすれば、悪印象を持てという方が難しい。隣にブスッとした隼人の顔が添えられていたら、その効果はより一層抜群だろう。

それだけの、春希に負けないほどの人気があった。

実際、こちらの教室に来てはたまに男子たちに交ざって悪ノリとも言えるバカ話に興じる様子を見ているうちに、隼人としてはまことに遺憾ながら、そう悪い奴ではないなという考えを抱いている。

（こいつは……アレ……？）

しかし隣で歩いていると、何かが気にかかった。

愛想と笑顔を振り撒《ま》き挨拶《あいさつ》を交わしているにもかかわらず、彼のところへ寄って来るものは誰もいない。それがどうしても、隼人に――を連想させてしまった。

「……」

「うん？　僕の顔に何かついているかい？」

「いや、別に。ただアイドルみたいだなって思ってさ。妹がテレビでよく見ているのにも似ているし」

「偶像《アイドル》か……はは、上手《うま》いこと言うね」

「熱心にファンサービスしているのを見せられると、な」

「……そうかい」

一瞬、海童一輝は大きく目を見開いたかと思えば、困った顔で目を瞬《しばたた》かせた。

隼人はそんな彼を見ながら、自身が妙に気にかかっていたことの１つの正体が、既視感だったということに気付く。そしてガリガリと頭を掻《か》きながら言い捨てる。

「なるほど、その顔は文字通り甘いマスクという名の仮面か」

「――っ！」

スタスタと先を進む隼人の背中から、息を呑《の》む声が聞こえてくる。そして足を止め、同時にため息も吐いてしまう。

誰にでもいい顔をしているくせに、誰とも距離を置いている――なんてことはない、海童一輝は二階堂春希と似ていたのだ。

彼に一体どういう理由があるのかはわからない。もしかしたら只《ただ》の処世術なのかもしれない。そもそも良く知らない相手だし、知りたいとも思わない。興味もない。

だけど隼人は春希と重ねてしまい、先日スマホを買いに行った時に見せた寂し気な顔を思い返してしまった。

（ああ、くそっ！）

失礼で不躾《ぶしつけ》な言葉をぶつけた自覚はある。海童一輝と春希との噂だって、気にならないわけじゃない。自分でも何を考えてるんだかと思う。だけど背後の彼の表情を考えてしまうと、無視したり切り捨てたりするには、春希を見捨てるようでどこか寝覚めが悪い。

隼人はもう一度大きなため息を吐きつつ、色んな想いと共に頭を掻きながら振り返った。

「おい、なに立ち止まってんだ？　置いてくぞ」

「っ！　あ、ああっ！　はは、あはははっ！」

隼人の声で我に返った海童一輝は、一瞬ぐにゃりと顔を歪《ゆが》ませたものの、すぐさまいつも通りの顔を取り戻す。そして小走りで再び隣に並ぶ。

その顔は驚きと共に清々《すがすが》しい色に彩られていて、そんな表情でまじまじと見つめられれば隼人も困惑ばかりしてしまう。

「……なんだよ、俺にはそんな趣味はねぇぞ」

「奇遇だな、僕もだよ」

「じゃあなんだよ、珍しいような顔でもないだろう？」

「いやさ、霧島くんっていい奴だなぁって思ってさ」

「はぁ⁉　なんだよ急に、気持ち悪《わり》ぃ」

「はは、確かに」

海童一輝は心底愉快とばかりに肩を震わせると、目尻《めじり》に浮かんだ涙を指先で拭《ぬぐ》う。

そしてそのまま、やや複雑な心境の隼人の隣に肩を並べ、歩き出す。

「それに、噂は噂だから」

「どの噂だよ」

そして、隼人にだけ聞こえるように声を抑え、その事を切り出した。

「——二階堂《にかいどう》さんのこと」

「……っ⁉」

唐突に切り出されたその名前に、隼人は知らず身構えてしまう。自然と拳《こぶし》は握りしめられ、睨《にら》みつけるように目を細めて振り返る。

しかし海童一輝はそんな隼人の視線を、むしろそれが好ましいものであるかのようにさらりと受け止め、にこりと微笑む。

「僕にとって二階堂さんは、そういうんじゃない」

「……へぇ」

「だから、気にしなくていいよ」

「べっ、別に俺はその、二階堂とは特にそんなんじゃねぇしっ」

「はは、そう。そうなんだ。……ふぅん？」

そこでふと、海童一輝の表情に浮かぶ、彼らしくない、どこか悪戯《いたずら》っぽい表情に気付く。

「……何だよ」

隼人はそこに、どこか親しみのある既視感を覚えた。まったく、こいつ《海童一輝》と春希はよく似ている――ふいにそう考えてしまい、すぐさまそれを否定する。

（何考えてんだ、俺は）

そんな隼人の態度に海童一輝は、まるでそれを楽しんでいるかのように1人、うんうんと理解を示す。

「あの特大の化け猫の皮を剝《は》がしておいて、……なるほどね。そんなんじゃない、か」

「いやお前、化け猫って」

「我ながら、言い得て妙だろ？」

「……否定は、出来ないな」

海童一輝は涼し気な顔で隼人の視線を受け流し、そしてからかう様に話をずらしていく。

彼の方が1枚も2枚も上手だった。

　そして天も彼に味方したのか、ポツリポツリと雨が地面を叩《たた》き始める。とはいえ雨足の弱いにわか雨で、傘を差す必要もないほどだ。

「急ごう、霧島くん。競走だ！」

「あ、おいっ！　ああ、もうっ、子供か！」

挑発されるかのように言われれば、隼人も思わず彼の後を追うように駆け出してしまう。

その口元は、うっすらと笑みが浮かんでいた。

　登校して教室に入ってみれば、今度はやけにご機嫌な春希の姿が目に入った。

今にも鼻歌を唄《うた》い出しそうな、いつもより5割増しなにこにこ笑顔を振りまき教科書を取り出し授業の準備をしている。そして時折何かを思い出したかのようにメモをしたり、スマホを弄《いじく》り回してそわそわすれば、何もないと考える方が難しい。事実、周囲の興味も集めていた。

「おはよーっす、随分と機嫌がいいな？」

「……へ？　い、いつも通りですよ？」

「そうか？　まるで遠足前の小学生みたいだぞ？」

「そ、そんなことないもん！」

どうやら春希も、映画をよほど楽しみにしているらしい。ちなみに先日、映画館に行ったことは？　と尋ねれば、『今は動画配信サービスって充実しているよね！』という力強い言葉を返されていた。

「ははっ、じゃあそういうことにしておこう」

「むぅ！」

春希は大きな声で子供じみた抗議の声を上げ、ぷくりと頬を膨らませる。

そんな春希の気持ちがわかる隼人だから、先ほど海童一輝にも指摘されたこともあって、ついついかつてのノリで揶揄ってしまう。

しばしにらみ合った後、春希はハッと何かに気付いた様子で小さく息を呑む。そしてくるりと身体を翻したかと思えば、2人を見ていた伊佐美恵麻《いさみえま》のところへと向かっていく。

その伊佐美恵麻は物凄《ものすご》く珍しいものを見たかのように、目を見開いていた。

「伊佐美さん、ちょっといいですか？」

「へ？　あ、うん……何、かな？」

「ちょっと相談したいことがありまして……あ、鶴見《つるみ》さんと白波《しらなみ》さんもこっちへ！」

「あ、あーしも？」

「え、えーと……？」

春希の普段学校で見せない悪戯っぽい表情と勢いに、伊佐美恵麻はタジタジだった。そして彼女だけでなく他の驚いている女子たちも巻き込んで、どんどんと盛り上がっていく。

（アレ、ろくなこと考えてないな……）

見覚えのある顔だった。

かつて月野瀬《つきのせ》に居た頃、落とし穴を掘ったり、蟻の行列を途中で遮ったり、源《げん》じいさんのところの羊や犬に靴下を穿《は》かせてイタズラして遊んだ時と、同じ顔だった。

隼人はそんな周囲を巻き込む嵐のような春希の姿を見て、ガシガシと頭を掻いて呆《あき》れた色のため息を吐く。

だけど口元は緩んでいたが、どうしてか胸がチクリとしてしまい、眉間《みけん》に皺《しわ》が寄る。

「彼女、取られちゃったな」

「……彼女じゃねーし」

「いや、オレの。恵麻のことだよ」

「……」

「へへっ、睨むなよ」

そんな隼人の隣に森《もり》がやってきたかと思えば揶揄《からか》われ、ブスリと顔を歪める。

いつものように軽薄な調子で「悪ぃ悪ぃ」と謝罪の言葉を口にしつつ、春希と伊佐美恵麻のグループに目を向ける。

「オレさ、恵麻から相談されてたんだよね」

「相談？」

「どうしたら二階堂と友達になれるかなって」

「……へぇ、友達、ね」

「ほら、二階堂ってどこか壁があって特定のつるむ相手も居なくて孤高というかさ、だけど最近変わったというか……まぁこの調子なら問題なさそうだな」

「そう、だな……」

視線を戻せば、和気藹々《わきあいあい》と春希たちが女子同士で盛り上がっている。

いかにも仲良さげで微笑ましい光景で、森も自分の彼女を眺めながらも目を細めている。

だというのに、隼人の表情はどうしてか晴れなかった。

「霧島？」

「ん、何でもない」

どうして自分の顔がそうなってしまっているのかわからない。その理由も思い当たらない。

森とのやり取りで生まれた胸にチクリと刺さるトゲのようなものは、頭《かぶり》を振って飲み下そうとするが、それも上手《うま》くいってくれない。

「で、森はどうなんだ？　彼女が二階堂に取られていいのか？」

だからそれは、八つ当たりじみた質問だった。

「そうだな、今度こそ友達が出来るといいな……」

「……森？」

「はは、何でもねぇ。忘れてくれ」

「そうか……」

しかし返ってきたのは、どこか不機嫌そうな隼人の声色とは対照的に、伊佐美恵麻を気遣うものだった。明らかに気になる言い草だ。

だけど森の神妙とも言える表情を見ると、これ以上ツッコむのは野暮に思えてしまう。

（誰だって色々ある、か……）

そんなことを考えさせられた隼人は、再びガリガリと頭を掻《か》いて自分の席に座った。

放課後のチャイムが鳴った。

「伊佐美さん、例のお店行きましょう！」

「うん、任せて！」

あの後、春希と伊佐美恵麻の悪だくみとも言えるものはお昼も続き、そして放課後になっても終わることがなかった。それだけ話が弾んでいるようだった。

鞄《かばん》を取りまとめた春希は、隼人の方に一瞬ドヤ顔を向け、彼女たちの方へと向かっていく。どうやら一緒にどこかへ出かけるらしい。

「……ん？」

隼人はそんな春希の後ろ姿を見送った後、スマホに通知があったことに気付く。それを確認した隼人は、より一層しかめっ面を作ることになる。

「フラれたな、霧島」

「何だよ、森」

「フラれた者同士、どこか寄ってくかってお誘い」

「……いや、俺はちょっと帰りに寄ってくとこあるから」

「何だ、夕飯の買い出しか？」

「いや、病院」

「……へ？」

隼人は何とも言えない顔で鞄を掴《つか》み、教室を後にした。

一度家に戻った隼人は、時間指定の荷物を受け取っていた。

父からスマホに連絡があったものだ。

「ハンコかサインお願いします」

「……サインで」

随分と軽く、教科書ほどの大きさだ。内容品の欄には刺繍《ししゅう》キットという文字が躍っている。

（……リハビリ用か。自分で届ければいいのに）

どうやら父が、母の為に購入したもののようだった。隼人はガリガリと頭を掻いて、制服のまま病院へと向かう。

マンションを出て空を見上げる。天気は霧雨。少し陰鬱《いんうつ》だ。

生憎《あいにく》の空模様は傘を差すほどではないというものの、不快になる程度には隼人の髪や服を濡《ぬ》らす。隼人はさっさと用事を済ますべく、早足で駅へと身体を滑らした。

そこはまるで、白亜の巨大な収容所だった。

この地方最大規模を誇る総合病院は、隼人の通う高校よりも大きく、独特の威容と堅牢《けんろう》さを誇っている。中に呑《の》み込んだ者を外へと逃がさないという意志さえ感じさせ、牢獄《ろうごく》の様にも感じてしまう。事実、隼人の母もここに病気という鎖で繋《つな》がれ、囚《とら》われていた。

　ここまで来て、隼人はあまり気乗りしていなかった。天気のせいなのか、病院という場所のせいなのか、それとも春希や海童一輝のことが気にかかっているからなのかはわからない。

　その一方で、そろそろ母に顔を出さねばという使命感じみた思いがあるのも確かであり、父からのおつかいは渡りに船ともいえた。

「……はぁ」

　大きなため息を吐きながら、億劫《おっくう》に見舞いの手続きを行う。思えば月野瀬からの引っ越しの一番の要因は、母の入院のためだ。父も随分と大胆な決断をしたと思う。

　色々思うことはある。だけど、引っ越したからこそ春希と再会できたのも事実だった。

（ああ、くそっ！）

　複雑な心境だった。考えは上手くまとまらない。

　頼まれたものをさっさと届けたら、このどこかむしゃくしゃした想いをぶつけるために、無駄に手の込んだコロッケでも作ってやろう——そんなことを考えながらエレベーターに乗り、母の病室のある6階を押した。

「は？」

エレベーターから降りた瞬間、隼人は思わず間抜けな声を上げてしまった。

目の前に広がる予想外の光景に、理解が追い付いてくれない。

「ダメよ、女の子なんだから髪はちゃんとしなきゃ！　癖っ毛だからこそ似合う髪型ってあるんだから。腕が鳴るわぁ！」

「かかっ、すまんのう、霧島さん。うちは男所帯だったもんで。よかったな、みなも」

「あうぅぅ〜〜っ」

エレベーターを出てすぐのところにある談話スペース。

そこでどうしたわけか隼人の母親が、せっせと三岳《みたけ》みなもの髪を弄《いじく》り回していた。

周囲では彼女の祖父や、同室の人と思《おぼ》しき見覚えのある人たちが生暖かく見守っている。

生き生きとした母の顔と、赤面してされるがままの三岳みなもの顔は対照的で、まるで彼女が玩具《おもちゃ》にされている様にも見えるがしかし、誰も咎《とが》める者はいない。むしろ、魅入ってさえいた。

当然だ。その鮮やかな手つきで、みるみるうちに三岳みなもの髪が梳《と》かされ編み込まれていく様は、魔法のような変化を彼女にもたらし、どうしたって皆《みんな》の注目を集めてしまう。

事実、隼人もその１人だった。ものの数分もすれば、そこには見違えるように可愛らしくなった三岳みなもの姿があった。

「ちょっと手間取ったけど仕上がりは完璧《かんぺき》よ、うんうん、可愛い可愛い！」

「お、おぉぉ、みなもが……みなもがえらいべっぴんさんに……」

「いやぁ、みなもちゃん、見違えたね。これはすごいや」

「女の子って髪型１つでここまで印象変わるもんなんだなぁ」

「え、え、これが私……っ⁉」

編み込みハーフアップにされた髪型は、いつもの野暮ったさはどこへやら、むしろ癖っ毛だからこそそのあどけなさと、ちょっぴり大人な雰囲気を醸し出しており、隼人も思わず息を呑んだ。

三岳みなもの祖父は感動して拝みだし、顔なじみの人たちもやんや、やんやと褒めそやす。

隼人の母は鏡を渡し、変わった自分に恥ずかしがり驚きつつも、はにかむ三岳みなもの反応を楽しんでいる。

（えーと、なんだこれ？）

完全に隼人の理解を超えていた。

ただ唯一分かることといえば、髪をちゃんとセットした三岳みなもは、想像以上に可愛

らしいということだけだ。普段と違った姿で照れ臭そうにしつつも喜び顔を綻ばす姿を見せられれば、不覚にも心臓がどきりと跳ねてしまう。

「あら隼人、持ってきてくれたのね」

「お、おぅ」

「ふぇ!? 霧島さんっ、あの、その、これは……っ！」

「む、貴様はいつぞやの小僧！」

そんな隼人の姿に気付いた母は、妙ににこにこした笑顔のままこちらへと手招く。

隼人は先ほどの動揺を悟られまいと抱えていた荷物をアピールするも、母の良からぬ顔は変わらない。そして恥ずかしがって祖父の後ろに隠れようとした三岳みなもの肩を強引に掴み、隼人の前に突き出した。

「どうかしら？ みなもちゃん、すっごく可愛くなったと思わない？」

「あーその、うん、すごく可愛いと思う……」

「ふぇ!? あ、あわわ、私その……っ」

「おい小僧っ！ 何みなもを口説こうとしとるんじゃ！」

自信満々にそんなことを言われれば、隼人も咄嗟《とっさ》に、思ったままのことが口に出る。ごく自然な発言だった。だが本音でもある。

「あー、その、アレだ……」

「は、はい……アレ、ですね……」

動揺してぱちくりと目を瞬《しばたた》かせる三岳みなもと目が合えば、隼人も自分の迂闊《うかつ》な言葉に動揺し、互いに目を逸《そ》らしてしまう。交わす会話は意味を成さない。

そんな2人をニヤニヤ見守る母や顔なじみの面々、そして祖父の殺気を一身に浴びれば、さすがに居心地が悪くなり、早くこの場を立ち去りたくなってしまう。

「んんっ、とにかくこれな！　親父に頼まれていたやつ！」

居た堪《たま》れなくなった隼人は強引に咳払《せきばら》いをして、荷物を押し付けようとする。

その時のことだった。

「……あ」

ドサッという音があたりに響く。

その音と共に、周囲が沈黙に塗り替えられていく。簡単な受け渡しのはずだった。

隼人が母の手にしっかりと荷物を持たせたにもかかわらず、豪快に床へと落としてしまう。母はついうっかりという体で困った顔を作るが、その力が入らず小刻みに震える手は、周囲から言葉を奪ってしまうには十分なものである。

ここは病院だ。それこそが入院の原因であるということを、雄弁に物語っていた。

「んんっ、いやぁねぇ。時々こうなるのよ。隼人、荷物ありがとうね」

「……別に、これくらい」

しかし隼人の母は努めて明るい顔と声を作り、先ほどまで震えていた手を振りながら、ケラケラと何でもない風を装う。隼人もそれに倣う。

「これでリハビリも頑張るわ。それと……みなもちゃん」

「は、はい！」

「これからおじいちゃんのお見舞いに来た時、また髪を弄らせてもらっていいかしら？　私のリハビリにも丁度いいしね」

「え、ええっ!?　いや、その、私はいいです、けど……」

急に水を向けられた三岳みなもは驚き目をぱちくりさせて、どうしたものかと視線を隼人の顔と隼人の母の手を行ったり来たりさせる。

隼人も普段なら何か口を挟むところだが、先ほどのこともあって、どうしていいかわからない。曖昧《あいまい》な表情を返すだけになってしまう。

神妙な空気だった。しかし2人の心境なぞ知ったことかと、隼人の母は三岳みなもの手を取りぐいと顔を寄せて微笑んだ。

「うちの娘はもう、最近弄らせてもらえなくなっちゃって……あら、手が荒れてる。それにお肌も……ちゃんと手入れしてるのかしら？　ダメよ、女の子なんだから！」

「はぅ、その、あの、野菜を育てて、土をいじってるのでこれは……っ」

そして今度は震えのないしっかりとした手で、ぺたぺたと三岳みなもを弄《まさぐ》り出す。

隼人の母はお節介なところがある。そして遠慮というものをあまり知らない。

されるがままの三岳みなもは、隼人へ助けを求めるように困った顔を向けた。

「今日はもう帰ろう」

「き、霧島さんっ⁉」

何と言って良《い》いかわからなかった隼人は、母に弄られている三岳みなもの手を強引につかみ取り、そのままエレベーターの方へと手を引いた。

彼女もこの状況に困惑していたこともあり、これ幸いと引かれるがままになる。

「あら残念。隼人、ちゃんと送ってあげなさいよ」

「こ、小僧っ、みなもになにをっ⁉」

「みなもちゃん、また来てねー」

「野菜の差し入れ、楽しみにしているよー」

背後からは、皆の揶揄《からか》い混じりの声と、三岳みなもの祖父の怒声が聞こえてきていた。

そしてエレベーターに乗った隼人は、１階のボタンを押そうとして初めて、三岳みなもの手を引いていることに気付き、慌てて手を離す。

「と、悪《わり》ぃ」

「いえ……」

2人きりのエレベーターの中、何とも言えない空気が流れる。

隼人の母の入院、手の痺《しび》れ、リハビリ。

玩具にされていた三岳みなもとしても、気になるところだろう。

また、彼女の祖父とも随分と仲良さそうにしていた。同じ入院している者同士、親密になったのかもしれない。必然的に、今後三岳みなもとも接触が増えそうだ。

（どうしたもんかなぁ）

隼人は肩を落としながらため息を吐き、チラリと三岳みなもの姿を視界にとらえ、そして息を呑《の》んだ。

「っ！」

先ほどまでは母や周囲に振り回されているところばかりに意識が行っていたのだが、こうして改めてじっくり彼女を見てみれば、随分といつもと感じが違うと認識してしまう。

普段見かける小柄な彼女が一生懸命野菜を世話する様子は、小動物じみた微笑ましい雰囲気だ。しかし、こうして髪を丁寧にセットされた姿を見てみれば、少し幼いながらもウェーブのかかった癖っ毛が大人びた色気ともいえる、蠱惑《こわく》的な空気を醸し出している。

そんないつもと違う三岳みなもが胸元に握った手を当て、何かを気にする素振りで隼人の方に視線を送ってくれば、健全な思春期男子の隼人としては、ドキリとするなという方が難しい。

（女子って、髪型１つでここまで印象変わるのかよ……）

隼人は三岳みなもから視線を逸らしつつ、その胸の内を誤魔化すように話しかけた。

「その、母さんが強引ですまん」

「私は別に、その……霧島さんのお母さんって、入院してたんですね」

「転校してきたのも、それが理由でさ」

「霧島さんも……それで、料理とかも……」

「その、母さんはあぁ言ってたけど、髪とか弄られるのが嫌なら俺の方から……三岳さん？」

「…………」

どういうわけか三岳みなもは、神妙な顔のまま俯《うつむ》いて唸《うな》る。エレベーターの中の空気はますます重くなる。

わけがわからなかった。元より同世代の女子との対人スキルが乏しい隼人にとって、彼女の心境を推し測れという方が無茶である。

隼人が気まずそうに顔をしかめて頭を掻《か》こうとした時、目の前の整えられた髪が揺れた。

「あ、あのっ！」

「っ⁉」

ふいに三岳みなもが顔を寄せてきた。

隼人はいきなり目前に迫ったその可愛らしい相貌《そうぼう》に、思わず後ずさる。

「色々大変だと思います！　何か私に手伝えることがあったら、言ってくださいねっ！」

「お、おぅ」

隼人は一瞬、三岳みなもの言葉の意味がわからなかった。

しかし言葉足らずであるものの、その妙に真剣な眼差《まなざ》しと、胸の前で握りしめられた両手を見れば、いかに隼人のことを案じているかというのが伝わってくる。

（……あ）

少し考えを巡らせばわかることでもあった。母親が居ない生活というのは、高校生にとって大変なものである。どうやら三岳みなもも、随分とお節介でもあるらしい。

そして彼女の真摯《しんし》な想いを真正面からぶつけられれば、隼人は胸の内に生まれたむず痒《がゆ》い想いを、どうして良いか分からず狼狽《うろた》えてしまう。

「っと、着いたな」

「ですね」

丁度その時、エレベーターが1階を告げた。

隼人はこれ幸いと逃げるように身体を外へと滑らすが、三岳みなもはまるで先導者に付いていく羊さながらに、隼人の後ろをちょこちょこと追いかけてくる。

病院のロビーということもあり、歩きを緩めて立ち止まる。がりがりと頭を掻いて振り返れば、隼人の頼みを今か今かと待ち受ける、やる気満々といった面持ちの顔があった。

（……困ったな）

正直なところ三岳みなもの好意は嬉《うれ》しいのだが、どうして良いか分からないというのが本音だった。だから隼人は曖昧に、この場を誤魔化すように言葉を紡ぐ。

「今すぐには思いつかないけど、何かあったら頼らせてもらうよ」

「私その、家のこととか書類関係にも詳しいので！　今度は私が力になりますので！」

「今度は……？」

「野菜作りのこと、色々お世話になってますから！」

「あぁ、なるほど。じゃあその時は遠慮なく頼む」

「はいっ！」

　どうやら三岳みなもは、園芸部での野菜作りに手を貸したことに随分と恩義を感じているようだった。だから隼人もあぁなるほどなと納得するがしかし、どうしたわけか奇妙な既視感にも似た違和感を覚えた。

（あ、れ……？）

　脳裏に浮かんだのは幼いあの時の姫子《妹》の姿。

　目の焦点は合っておらず、目元は赤く腫《は》れあがり、頬には乾いた涙の跡。倒れた母の傍で何も出来ず、ただ茫然《ぼうぜん》と立ち尽くしていた、幼い妹の姿。

　それはかつての記憶。今の隼人を形作ることになった出来事。

　1回目に、母が倒れているのを発見した時のこと。

（なん、で……）

　忘れたことはなかった。忘れられるはずもない。

　しかしどうして、普段は心の奥底に眠らせ蓋《ふた》をしているものが、いきなり溢《あふ》れて来たのかなんて見当もつかない。

　背筋に嫌な汗が流れる。呼び起こされた記憶に、当時の無力感と焦燥感を嫌でもフラッシュバックさせられてしまい、隼人はふらりと身体を傾がせて額に手を突いた。

「き、霧島さんっ!?」

「っと、何でもない。大丈夫だ、三岳さん」

「でも顔色が……」

「はは、病院の陰鬱《いんうつ》な気に中《あ》てられたのかもな」

「……そう、ですか」

隼人は眉《まゆ》をひそめたまま、三岳みなもに何でもないとばかりに笑いかけるが、彼女は浮かない表情で瞳《ひとみ》を揺らす。

何かが引っかかった。しかしそれが何かはわからない。この状況が、余計に彼女の世話を焼きたくなる要因を作ってしまっているかのようだった。

「大丈夫、何かあればお願いするから」

「無理はダメですよ？」

そう言って出口に向かって歩き出す。依然として２人の間の空気は微妙なまま。

「……参ったな」

そんな言葉が飛び出してしまったのは、そんな心境が思わず転び出てしまったというだけでなく、外も本格的に雨が降り出してしまっていたからだった。

雨足はあまり強くないものの、傘がないと確実に困りそうなほどである。

隼人は顔をしかめる。しかし三岳みなもは早速とばかりに、張り切った声を出した。

「私、折り畳み持ってますよ！」

早くも頼ることが出来ましたね、といわんばかりのいい笑顔である。

隼人は困った顔で、「頼めるか？」と答えるのだった。


しとしとと雨の降る夕暮れの道。

隼人と三岳みなもは、互いに片方の肩を少し濡《ぬ》らしながら歩く。

学校帰りだった三岳みなもの鞄《かばん》に常備されていた折り畳みの傘はそこそこ大きく、パステルカラーの生地に羊と雲が描かれた可愛らしく、彼女らしいデザインのものである。

そんな傘で同い年の女子と相合い傘をしているという状況は、隼人の顔を羞恥《しゅうち》の色へと塗り替えさせるのに十分なものだった。しかし雨に濡れないのは有り難く、自分の中で折り合いを付けながら駅を目指す。

「……いつも一緒に居た家族が、ある日突然家から居なくなるのって、辛《つら》いですよね」

「三岳さん……？」

ふと三岳みなもが、なんてことない風に呟《つぶや》いた。前を向いたまま、その顔は窺《うかが》えない。

それは真実、彼女の独り言だったのかもしれない。

だが、ふとした拍子で漏れた本音でもあった。それは相手が隼人で、肉親が入院している者同士、だったからなのかもしれない。もしかしたら、雨のせいかもしれない。

「……」

「……」

その後なにも話すことなく、ポツポツと傘を叩《たた》く雨音を聞きながら駅へと歩く。

三岳みなものどこか寂し気な呟きを聞いて、隼人の中の気恥ずかしさはとっくに霧散してしまっている。

そしてこの必死に世話を焼こうとしているところに、彼女の強がりを感じた。どうしてか、それがわかってしまった。

何か言わなければ——そう思うものの、適切な言葉を持ち合わせていない。

隼人は頭を掻きながらチラリと彼女の姿を見やる。そして隼人は一瞬怒ったような呆《あき》れたような姫子の顔がチラつき——まだ言ってないことに気付いた。

「あーその、三岳さん」

「はい、何でしょう」

「その髪、似合ってる。いつものよりも今のやつの方が可愛い、と思う」

「ぴゃっ!?」

同世代が極端に少ない月野瀬に居た隼人は、しばしば姫子から服なり髪型なりを新調した時、意見を求められて来た。

そして経験上、しっかりと具体的にどこが良いとか述べると機嫌がよくなることを知っている。

「髪を纏《まと》めてるから全体の輪郭のラインがすっきりして綺麗《きれい》だし、そこから覗《のぞ》く癖っ毛がふわりとして可愛いんだけど、同時に大人びているというか」

「あう、その……はぅぅ……」

「だからその、これからもそういう髪型にした方が良いと思う——て、三岳さん？」

「……ぴ」

「ぴ？」

隼人としては姫子のご機嫌を取る時のように、励ますつもりで言ったことだった。

しかしどんどん顔や耳まで真っ赤に染め上がっていく彼女を見てようやく、自分の発言が適切でないと、そう気付いた時には、もう遅かった。

「ぴゃああぁああぁぁあぁっ！」

「あっ！」

三岳みなもは小雨の降る中、もう耐えられないとばかりに駆け出した。

後に残るのは、彼女のファンシーな傘を持った隼人のみ。

駅までさほど距離がないのが幸いか。

「参ったな……」

そんな隼人の呟きは、雨音の中へと吸い込まれていった。

第8話　特別だから

「あ、おかえりなさい隼人《はやと》」

「お、おにぃ！」

「ただい……ま……？」

病院から帰宅して早々、隼人は妙な違和感から眉を寄せた。

目の前にはリビングのテーブルで姫子《ひめこ》の勉強を見ている春希《はるき》の姿。

最近ではあまり珍しくもない光景である。しかし春希の様子がいつもと少し違う。

穏やかな笑みを浮かべ、ピンと背筋が伸びた姿勢で教科書に目と指を走らせる様は、まるで学校で見る猫かぶりのそれだ。居心地悪そうに背を丸めている姫子とは対照的である。

「夕ご飯の準備かな？　ボクも手伝うよ、今日は何かなー？」

「……おからコロッケ」

「揚げ物なの？　カロリー大丈夫？」

「オーブンで作る。油を使わないやつだから、そのまぁ大丈夫じゃないかな」

「へぇ、そうなんだ」

　春希は妙ににこにこした表情でスカートの裾《すそ》を気にしながら立ち上がり、いそいそとエプロンを着けていく。その所作は楚々《そそ》として美しく、いつもの気の抜けた態度とは真逆で、覚えていた違和感がそのまま困惑へと変化する。

　機嫌は随分と良いようだった。

　話しぶりからは、別に猫を被《かぶ》っているというわけではないらしい。

「ボク、手を洗ってくるね」

「あ、あぁ」

「……なんだ、アレ？」

　そんな春希の後ろ姿を見ながら、同じく困惑している姫子と目が合う。

「あ、あたしの方が聞きたいよ。今日のはるちゃん、学校で何かあったの？」

「わからん。何か企《たくら》んでいる風な様子はあったけど」

「うぅ～、何か背筋がぞわぞわするっ！」

「俺もだ」

　隼人と姫子は互いにぞくりと身を震わせる。

どういうつもりなのかはわからない。ただただ不気味と感じる態度だった。

「隼人ー？」

「あぁ、今行く」

隼人は姫子の『なんとかしてよ』というジト目の視線を受け流し、肩をすくめながらキッチンへと向かう。

そこで待っている春希は、涼やかな笑みを湛《たた》えながら調理器具を用意していた。いつもと違い凛《りん》とした空気を漂わせており、よくよく見れば今日に限って靴下も脱いでいない。

春希の変わりようが気になるのは、隼人も同じである。

「で、どうしたんだ？　何があった？」

「あ、やっぱりいつもと違うって分かっちゃう？」

「わからいでか。姫子も首を捻《ひね》ってるぞ」

「気になる？」

「そりゃあな」

「でも駄ぁ目。まだ秘密だよ、くすっ」

そう言って春希は、ツンと人差し指で隼人の鼻先を突《つつ》く。

その顔は何かを企んでいるというよりかは、何かをやり遂げた勇者の顔、もしくは一線を越えて吹っ切れ悟った賢者の表情じみており、どこか上から目線の様にも感じられた。

「…………うざっ」

「ふふっ」

　どうやら話すつもりはないらしい。隼人の抗議の声も、涼しい顔で受け流す。

　こういう時、春希が口を割らないということは、よく知っている。

　疑問や戸惑いよりも、そんな春希に対して苛立《いらだ》ちのようなモノが先行した隼人は、あきらめにも似たため息を吐いて調理に取りかかるのだった。

　本日のメニューはオーブンで作るおからコロッケである。

　水を張ったボウルにジャガイモとカボチャを入れてラップをして電子レンジで茹《ゆ》で上げる。芋類を冷ましている間にみじん切りにした玉ねぎ、キャベツ、おから、そして鶏《とり》ひき肉をフライパンで炒《いた》めていく。酒みりん醤油《しょうゆ》で下味を付けておくのも忘れない。

　この2つを混ぜ合わせて成形し、別のフライパンでキツネ色になるまで乾《から》煎《い》りしたパン粉を塗《まぶ》してオーブンに放り込む。焼き上がる間にキャベツの千切り、余った野菜でみそ汁を作り、定番になりつつある茄子《なす》の一夜漬けを出せば完成だ。

「久々の揚げ物、いただきまーす！　って熱っ！　おにぃ水っ！」

「姫子、お前な……」

「ボクもいただきます。うんうん、今日も美味《おい》しいね、隼人」

「お、おう……」

春希の態度は夕食になってもそのままだった。

上品に箸《はし》を使い食事を摂《と》る様は、美しいのだがどこか浮いている。

隼人は怪訝《けげん》な表情を浮かべつつも、他に気になっていることを口にした。

「そういやもうすぐ週末だけどさ、映画何を見に行くか決まった？」

「……あ」

姫子の口から間抜けな声が漏れる。映画館に行くこと自体は決まっていたが、それ自体が目的になっており、何を見るかまではまだ決まっていない。

「んー、強いて言えば『那由多《なゆた》の刻《きざみ》』かなぁ？」

「たまにテレビのＣＭで流れてるやつか？　それって……」

「そそ、今やってる十年の孤独の監督と主演の田倉真央《たくらまお》が一緒のやつでさ、それもあって随分と話題に――」

「――っ」

田倉真央――その言葉に反応した春希がビクリと肩を震わせる。

一瞬の事だ。姫子は気付いていない。隼人がその春希の異変に気付いたのは、先日田倉真央を目の当たりにした時の春希の様子が気に掛かっていたからだった。

「あーそのだな、姫子――」

「――はい」

何かあるのは明白だ。だがそれは、無理に暴いたり喧伝《けんでん》することでもない。

だから隼人はそれとなく話題を他へと誘導しようとした時、春希がやけに真剣な表情で手と声を挙げた。

「Ｆａｉｔｈ《フェイス》劇場版第３章を見に行きたいです」

先程までの顔はどこへやら、妙にピリピリとした空気を纏っている。

Ｆａｉｔｈ――それは一昔前の18禁指定のＰＣゲームを原作とした一大コンテンツである。独特な世界観で人々を魅了し続け、現在もなおスピンオフや世界観を受け継いだアニメ、漫画、ゲームなど様々なメディア展開をしている。隼人もそれほど詳しいわけではないが、いくつかの作品に触れたことがあった。

どうやら春希の顔から、熱狂的なファンだというのが感じ取れる。

「俺は別に特に他に見たいものもないし、それで問題ないぞ」

「それって今やってるアニメの？　あたし、名前しか知らないんだよね。３章って、いきなりそこから見ても大丈夫なの？」

「……え？　ひめちゃん、Ｆａｉｔｈ見たことないの……？」

「面白い？　前から興味はあったんだけどねー」

「……へぇ」

姫子の発言を聞いた瞬間、春希の目が聞き捨てならないとばかりにスゥーと細められ、そしてカチャリと箸を置く。

にっこりと微笑むがその目は笑っておらず、先ほどから微妙に大和撫子《やまとなでしこ》モードになっていることもあって、やけに迫力がある。

「ひめちゃん」

「な、なにかな？」

「凄《すご》くね、面白いの。凄くアツくて感動するの。見てないのは人生の半分以上、損しています」

「は、はるちゃん⁉」

そして春希はおもむろに姫子の隣に行ったかと思えば、慣れた手つきで霧島《きりしま》家のテレビリモコンを操り、動画配信サービスへとアクセスしていく。

「ほら、3章公開って事もあって劇場版第1章と第2章も配信してるよ。他にもテレビシリーズもあるね。ボクとしては二期目のルートがお勧め。アレは神。アクションシーンもさることながら、主人公の生き様に感動して泣かないはずがないよ、何度も泣いたよ」

「へ、へぇ、そうなんだ。でもね、今はご飯の時間だからね？　食べよ？」

「うんうん、ボクはアニメ二期のＯＰだけでご飯３杯はいけるよ。いいオカズになるね」

「あ、あのはるちゃん……？　お、おにぃ！」

「……あー、今日の一夜漬けは塩がきつかったかなー」

　それは布教だった。

　作品に興味を持った者の足を摑《つか》み沼へと引きずり込む、オタク特有の本能的行動である。

　姫子は突然スイッチの入ってしまった春希を窘《たしな》めようとするが、もはや聞く耳など持ちやしない。そして隼人は経験上、春希がああなると何を言っても無駄ということを知っている。

　それに、春希が明らかにわざとテンションを上げているというのも分かってしまっていた。だから隼人は心の中で、姫子にご愁傷さまと頭を下げて苦笑する。

「出来れば原作ゲームをすることがお勧め！　全年齢版のコンシューマーじゃなくて18禁の方！　エロいところとかほとんどないし、あってもそのエロい部分こそが作品の世界観を、そのエロ――」

「ただいまーって、あれ、もしかして君は……」

「――エロが……その……エ……ロ……」

「「「……」」」

丁度、春希がエロという単語を連呼している時、どこか隼人と姫子の面影がある壮年の男性がリビングへと入ってきた。隼人と姫子の父、和義《かずよし》である。

滅多に家に寄り付かないとはいえ、この家の家主である。手に携えている紙袋からは、しわくちゃのシャツが頭を出している。どうやら着替えを取りに来たらしい。

春希との顔合わせとしては最悪のタイミングである。何とも気まずい状況だった。

久しぶりに顔を合わせた幼《おさな》馴染《なじみ》の父親を前にして、花も恥じらうはずの女子高生の口からエロという単語が連呼されれば、誰だってどう対処していいかわからない。

さすがに居た堪《たま》れなくなった隼人は、コホンと1つ咳払《せきばら》い。空気を変えようと口を開く。

「あー、親父。その、メールでは伝えていたけど、こ――」

「お久しぶりです、おじさま――二階堂《にかいどう》春希です」

「「「――っ」」」

春希が楚々として微笑み軽く会釈をすれば、一瞬にして場の空気が凛としたものへと塗り替えられる。思わず隼人も姫子も、そして和義も息を呑《の》む。

ピンと伸びた背筋に嫋《たお》やかな立ち振る舞い、そして今日に限っては折り目正しい制服の着こなし。正に清楚《せいそ》可憐《かれん》な大和撫子、完璧《かんぺき》な擬態。

「っ、春希ちゃんはその、随分と見違えたね……？」

「ふふ、7年も経っていますから」

「ええっと、隼人や姫子とは……」

「随分、仲良くさせてもらっています」

模範的、そして理想的な挨拶《あいさつ》のやり取りだ。幼馴染の親に対するものとしては満点だろう。そうなるよう、計算された会話で牽引《けんいん》し、場の流れを支配する――そんな春希の猫かぶり《演技》が繰り広げられている。隼人も、そして姫子も言葉が出ない。

いつもと同じ食卓。

いつもと同じ家族と春希がいるリビング。

いつもと同じく先ほどまで繰り広げられていた、バカみたいなやり取り。

だから隼人は、目の前の二階堂春希が、無性に気に入らない。

「じゃあ春希ちゃん、これからも2人のことをよろしく頼むよ」

「いえ、こちらこそお世話に――」

「なぁに急に畏《かしこ》まってんだよ、さっきまでエロがどうとか言ってたくせにさ！」

「――みゃっ⁉」

「は、隼人!?」

「おにぃ!?」

隼人は唐突に、両手で春希の頬を引っ張った。そして動揺し、涙目になっている春希を見て、にやりと笑うと共に驚いた。

（もちもちして柔らけぇ……）

春希のほっぺを摘《つま》んでみれば、指に吸い付くようなきめ細かい肌に、お餅《もち》のような弾力があって、自由自在に形を変える。その感触に夢中になってしまう。

春希からそれに抗議するかのような目で「みゃっ！」という鳴き声が上がれば、むくむくと沸き起こる悪戯《いたずら》心を、抑えきれなくなってしまっていた。

「ははっ、こんなに伸びるんだ」

「ひょっほ、はひゃほーっ！（ちょっと、隼人ーっ！）」

周りの目なんて知ったことじゃない。隼人はただただ春希のほっぺたを弄《もてあそ》ぶのに夢中になってしまっていた。まるで小学生が気のある子にちょっかい出すのと似たような光景だ。

高校生にもなって、するようなことではない。さすがに見かねた姫子が止めようとする。

「ちょ、ちょっとおにぃ！　女の子の顔になんてこと――」

「ほのっ！」

「なっ!?」

「はるちゃんっ!?」

だが、いつまでもやられてばかりの春希でもない。

「ぐぎぎ」

「ぐぬぬ」

春希は反撃とばかりに隼人の頬を摘み返し、ぐねぐねと動かしては挑発をする。隼人もお返しとばかりに、ほっぺを引いて回して押しつぶす。

それは正しく子供同士の戯れそのものだった。隼人も春希も意地になり、しかし互いに笑みを浮かべながら、これはどうだと幼稚な応酬を繰り広げる。

諫《いさ》めようとした姫子も、そんな隼人と春希の様子を見れば力が抜けて呆《あき》れてしまい、はあ、と大きなため息を吐く。

「ははっ、あはははははははっ！」

「ほはひ？（親父？）」

「ほひはん？（おじさん？）」

「お父さん？」

突如、隼人と姫子の父和義が、大声を上げて笑い出した。心底可笑《おか》しいといった表情でお腹を抱え、その視線は隼人と春希を行ったり来たり。

「いや、失礼。昔と変わらず、仲良しなんだなぁっと思って」

「べ、別にそんなんじゃねぇよ」

「えぇっと、アレ、アレです、アレ！」

「おにぃ、はるちゃん……」

そう指摘されるや否や隼人と春希は慌てて互いに手を離し、顔を真っ赤にして反論するが、姫子は呆れてため息を吐くばかりだった。

「あー親父、夕飯はどうする？　帰ってくるって聞いてなかったけど、余分はあるから」

「それじゃあ、いただこうかな」

和義が席に着けば、隼人は夕食の準備を言い訳にして、そそくさとキッチンに逃げていく。姫子はといえば、呆れた様子でお箸《はし》を置く。

「お腹いっぱい、ごちそうさま！」

「ふ、2人の裏切り者～っ！」

そして姫子は夕食を切り上げ自分の部屋に戻るのだった。

◇◇◇

ダイニングには春希と和義が残された。

さっきとは違う意味で気まずい空気だった。そして春希は、緊張から身体を強張《こわば》らせる。

霧島和義は――月野瀬の大人は、春希の祖父母と田倉真央との事情を知っている。

もしかしたらよく思われていないかもしれない。そんな考えが脳裏を過《よ》ぎる。

だけどそんな春希の様子を見た和義は、もう一度キッチンで夕食の準備をする隼人と見比べて、くつくつと喉《のど》を鳴らし、春希と向き合い、そして目を細めた。

「春希ちゃん、ありがとう。あんなに楽しそうな隼人を見たのは随分久しぶりでね」

「…………へ？」

それは予想外の言葉だった。

釣られて春希もキッチンの方へと視線を向ければ、そこには最近見慣れつつある夕食の準備をする隼人の後ろ姿があるのみ。いつも通りの姿だ。思わずコテンと首を傾げてしまう。

「はい、出来たぞ。醤油《しょうゆ》なりケチャップなりソースなり、そこはお好みで」

「ありがとう。あぁ、それと夕方も。ちゃんと荷物も病院の母さんのところに届けてくれたようだね。助かったよ」

「……病、院？」

「おや、隼人から聞いていなかったのかい？」

「あー、その……」

春希の目が大きく見開かれる。初耳だった。

幼馴染の隼人と姫子の家に訪れるようになってそれなりの日にちが経っているが、思えば父親と会ったのもこれが初めてだ。母親の姿はなく、何か事情があるのは明らかだった。気にならないわけがない。しかし一人暮らしをしている春希自身も、親という存在には含むところがあり、突っ込んで聞けなかったというのがある。

だがそれでも、春希にとって病院という単語は予想外である。動揺を隠せない顔で隼人を見れば、気まずそうに頭を掻《か》きながら目を逸《そ》らされるのみ。

「親父、戻ってきたのは着替えか？　クリーニングに出したまま――」

「あぁなるほど、やっぱり隼人にとって春希ちゃんは特別なんだね」

「みゃっ⁉」

「お、親父っ⁉」

隼人が無理矢理話を逸らそうとすれば、思わぬ言葉が飛び出した。どういう意味なのかはわからない。ただ、春希の心臓はやたらとせわしなく脈を打ち始めてしまう。

隼人の顔を見れば、これまで見たこともないほど赤くなっており、口をパクパクさせてはいるものの、言葉を成さない。

しかし和義は、やけに納得した表情で頷《うなず》いている。

「うんうん、春希ちゃんに母さんのことを言ってなかったのは、そのことで少しでも変に同情されたり気を回されるのが嫌だったんじゃ――」

「春希っ、その、今日はもう送るわっ！」

「え、あ、うんっ！」

居た堪れなくなったのか、隼人はまだ夕食が残っている春希の手を強引に取って外へと促す。春希もまた、これ以上は喉に通りそうになかったので隼人に倣う。

突然の行動に呆気《あっけ》にとられた和義は、不思議そうな顔で２人を見送る。

「春希ちゃん、これからも気軽にうちにおいで。あ、何なら合いカギでも渡そうか？」

「親父っ！」

コツコツとアスファルトを叩《たた》く音が夜の住宅街に響く。

「……」

「……」

お互い無言だった。どんな言葉を交わせばいいのかわからない。

どこかむず痒《がゆ》さがあるものの、決して悪いものではない。心なしか早足になっていた。

ふと、顔を上げて夜空を見上げる。ビルやネオンの照明に遮られつつもぼんやりと輝くいくつかの星々があった。かつての記憶にある月野瀬《つきのせ》とは違い、星よりも人の営みの灯《あ》かりの方が強く煌《きら》めき、その数は少ない。

昔とは違う。そう思うと、ふと春希の胸から言葉がこぼれた。

「隼人はさ、ボクに何も聞かないよね」

再会して結構な時間が経っていた。

隼人と春希の間には空白の時間があり、色々な変化があった。それが気にならないと言えばウソになる。きっと隼人もそうだろう。

隣を歩く隼人は前を向いたまま、ガリガリと頭を掻く。その表情は見えない。

「昔さ――いや、昔もか。俺、当時の春希の家のこととか学校来てないこととか、全然知らなかった」

「……うん、そうだね」

「それでも一緒に遊ぶのが楽しくて気にならなかったというか……あぁ、そうか、そんなの些細《ささい》なことと思っててそれは今も一緒で、まぁアレだ、そういうことなんだ……かな？」

「……ぷっ、なにそれ」

「なんだよ、悪いかよ」

「ううん、隼人らしいや……って、待ってよ！」

拗《す》ねたのか、隼人の足がさらに速くなる。春希は置いて行かれまいと背中を追いかけ、手を摑《つか》む。隣に並ぶ。

それはかつて、幼い頃から幾度となく繰り返した光景と同じだった。

「ボクにとってもさ、やっぱり隼人は特別だから」

「………そうか」

お互い顔は真っ赤だった。そのくせ手は繋《つな》がれたまま、離す気配もない。

そして気恥ずかしさを置き去りにしようと、いつもより早足で春希の家へと向かうのだった。

第9話 気に入らないや

「なぁ、まだ弄《いじ》るのか？」

「おにぃ、動かないで！」

日曜早朝の霧島《きりしま》家に、姫子《ひめこ》の鋭い声が響く。

リビングのソファーに無理矢理座らされた隼人《はやと》は、かれこれ30分近く姫子によって髪をセットされていた。どうやらなかなか姫子の納得いく仕上がりにならないらしい。

本日は約束していた映画館に行く日だった。

鼻息荒い姫子が、身の回りに無頓着《むとんちゃく》な隼人《兄》を「今日はあたしも一緒なんだからね！」と、躍起になって整えている。

その姫子はと言えばノースリーブの落ち着いたデザインのブラウスに紺色のアシンメトリーのロングスカート。スラリとしたスタイルもあり大人びた雰囲気もあって、端から見ればどちらが年上かは分からない構図だ。

「よし！」

「……なんか変な感じだな」

やがて姫子は満足そうな顔で頷く。隼人は初めてワックスで整えられた髪のごわごわとした感覚に、少しばかり情けない声を上げた。

「さて、春希《はるき》を待たせるのも何だしさっさと——」

「は？　待っておにぃ、もしかしてその格好で出掛けるの？」

「へ？　何かまずいか？」

「……はぁ」

隼人がいざ家を出ようと立ち上がれば、怪訝《けげん》な顔をした姫子に変な声を上げられた。

理由はわからない。キョロキョロと自分の姿を見回すが、モスグリーンのゆったりとしたシャツに黒のチノパンという至って普通の格好だ。

困惑している様子の隼人を見た姫子は大きなため息を1つ。そして片手を腰に当て空いた手で指を差す。

「そのシャツ！　色は剝《は》げかかっているし襟もよれよれ、あと袖口《そでぐち》も擦り切れちゃってるじゃない！」

「た、確かにそうだな」

言われてみれば経年劣化でボロくなっていた。さすがに姫子としても見過ごせないらしい。その後隼人は自分の部屋に強制連行され、妹に服を選ばれるのであった。

休日午前の駅前は、平日ほどではないものの、それでもやはり混んでいる。普段電車を使わない人たちも利用する為か、券売機にも数人並んでいる。隼人もその1人だった。

「ええっと、いくらだったかな……」

月野瀬《つきのせ》の田舎に住んでいると、まずこうして切符を買うという習慣は身につかない。当然だ。自家用車がないということは身動きが取れないと同義語で、軽トラこそが大正義の土地なのだ。

だから隼人はわざわざ券売機の前に来てから料金表を確認し、それから財布を出す。その所作は大変もたついている。

「早くしてよね、おにぃ」

「すまん……って、姫子は切符買わなくていいのか？」

「ふふ～ん、あたしにはこれがあるからね！」

そう言って姫子は得意気に、メロンのマークが特徴的なＩＣカードを見せる。電車やバスだけでなく、お店でも電子マネーとして使えるものだ。どうやら隼人の知らぬ間に入手していたらしい。

「これがあればいちいち切符買わなくていいし、コンビニでの支払いもスムーズなんだからね！」

そう言って姫子はいっそうざったいほどのドヤ顔でＩＣカードを隼人に見せつけ、改札をくぐる。

『残高が不足しています。チャージして下さい』

そしてピーッと無機質なアナウンスが鳴った。

「……姫子」

「うぅ……」

姫子は半泣きになりながら、隼人と一緒に券売機に並んだ。

最寄り駅から快速で3駅、電車に揺られること20分と少し。先日春希と一緒にスマホを選びに来た時と同じ都心部、鳥のオブジェ前。そこが本日の待ち合わせ場所だった。

ここに来るのは二度目だったが、雑多で複雑に入り組んだ駅舎を移動するのはまだまだ慣れそうにない。人混みを掻き分けつつ、緩慢な動きで目的地を目指す。

ちなみに隼人は家も近いし春希も一緒にどうだと言ったのだが、口元ににやりと三日月を作って断られていた。あれはロクなことを考えていない顔だった。

待ち合わせ場所に着いた姫子は落ち着かないのか、頻繁にコンパクトミラーを取り出しては前髪を弄っている。

隼人にとって目まぐるしく流れる人波は物珍しく、眺めているだけで退屈はしない。もしあの多すぎる人波の中に入れば、たちまちに埋没して溺《おぼ》れてしまうだろう。そんなことを思う。事実、隼人と姫子は人の流れに翻弄《ほんろう》されながらこの場にやって来ていた。

「……へ？」

「……あ」

「あ、はるちゃんだ！　え、なにそれかわいーっ！　ていうかあざといーっ！」

だからその人波に居てなお目立つ少女を目にすれば、思わず変な声が出てしまう。姫子も歓声を上げている。

今日の春希は随分と可愛らしい格好だった。

空色の生地に花をあしらったショート丈のキャミワンピース。スカート部はティアード状になっており、ハイウェストのあたりからは左右に分かれインナーの色違いのスカートがアクセントになっている。それにレースのカーディガンをボレロ状に合わせたそれは、いかにも女の子というものを強調したガーリーコーデだった。

　しかも今日の春希は、わざわざ髪をツインテールにしてリボンまでつけている。姫子があざといと言うのも頷《うなず》ける格好だ。

　少々幼く見えるものの、春希の10代半ば特有の少女のあどけなさとあやうさが引き立てられており、隼人としても驚きから目をぱちくりさせることしかできない。

　そしてそれは春希も同じ様だった。

　いつもの伸びるに任せた髪でなく、姫子の手によって丹念に手入れされたそれは爽《さわ》やかな印象で、姫子の見立ての服も良く似合い垢抜《あかぬ》けている。

　思わず春希も開いた口をそのままにさせてしまうほどの、変貌《へんぼう》ぶりであった。

「だ、誰だーっ!?」

「誰って、酷《ひど》い言い草だな」

　先に硬直が解けたのは春希の方だった。驚きと共にズビシと隼人を指差す。

「ふふ～ん、おにぃもこうすればなかなかのもんでしょ？」

「くっ、不意打ちとはっ！　そうだった、隼人にはひめちゃんがいるんだった……っ！」

「あ、おい……ったく」

　春希は悔しそうに唸《うな》り声を上げる。そして姫子が出来の良い作品を自慢するかのように隼人を推し出せば、春希はぷくりと頬を膨らませる。

隼人はそんな見た目同様、どこか子供っぽい反応をしている春希を見ているうちに、呆《あき》れた声を漏らした。

そんな隼人の顔を見た春希は、何かを思い出したかのような顔を見せ、コホンと咳払《せきばら》い。

そして慣れないレースとフリルに彩られた短いスカートの裾《すそ》を正し、ここ最近見せていたどこか鼻につく感じの挑発めいた表情を作り迫る。

「ふふん、初手はしてやられたけど、今日のボクは今までのボクとは違うんだからね」

「そ、そうか。まぁ確かにいつもとイメージが違ってビックリした」

「実はそれだけじゃないんだなぁ～。ね、どこが違うと思う？　知りたい？　知りたい？」

「え、いや別には……」

「んん～っ、そんなこと言って～っ！　ね、本当は知りたいんでしょ？」

今日の春希は見た目だけでなく、纏《まと》う雰囲気も随分と違い、ドキリとする。有り体に言って隼人はドギマギとしてしまっていた。自然とそっけない態度になってしまう。

しかし春希はそんな隼人の心境が分からず、不貞腐《ふてくさ》れてその唇を尖《とが》らせる。

「ふうん、じゃあこれを見てもそんなことを言ってられるかな～？　……えいっ」

「～～～んなっ！！？！？！？！？」

痺《しび》れを切らした春希は隼人と姫子の前へとにじり寄り、くいっと胸元のキャミソールを引っ張る。そして次の瞬間、隼人は瞬間湯沸かし器になってしまった。春希はそのどこまでも赤くなってたじろぐ隼人の姿を見て、溜飲《りゅういん》を下げる。

チラリと隼人や姫子に見えたそれは、黒の下着だった。

シックな感じのレースに彩られたそれは、妙な色気を漂わせる大人な雰囲気で、春希の着ている少女然とした服とは非常にミスマッチで、だけどそれゆえに際立つものだった。

隼人は完全にそのギャップにやられてしまっていた。頭の中は完全にぐちゃぐちゃで、表情にそれが表れてしまっている。

その顔を見た春希はしてやったりとばかりにほくそ笑み、姫子は隼人の心境を代弁するかのように小さく低い声を零《こぼ》す。

「えっっっっっろ！」

春希はそんな2人の反応に満足していた。

かつて月野瀬で悪戯《いたずら》が成功した時のように得意顔になり、ますます調子に乗ってしまう。

そして気を良くした春希は、ここぞとばかりに隼人にうざったく絡む。

「ねね、ドキドキした？　しちゃった？　顔真っ赤だもんね～、ふふ、言わなくても分かるよ～。やっぱりさ、表面じゃなくて見えないところまでこだわってこそっていうの？

ボクの内面からにじみ出る色気？　わかるかなー、ってわかってるからこそ隼人はこんなに赤――」

「うるせーっ！」

「――みゃっ⁉」

そして煽《あお》られた隼人は赤い顔のまま、春希の2つに結わえたツインテールを根元からぐりんぐりんと回して引っ張った。言葉で返せないから、つい手が出てしまう……子供によくあるそれと、まったくの同質の理由からの行動だった。

「こ、このっ！」

「いでっ⁉」

春希もやられてばかりではいられない。隼人の整えられた髪を握っては強引にぐりぐりと掻《か》きまわす。それは完全に子供同士の喧嘩《けんか》であり、意地の張り合いだった。

2人とも折角のオシャレが台無しになる無様な姿を晒《さら》す。

姫子はそんな兄と幼《おさな》馴染《なじみ》を見ながら、この間と同じことやってるなと、心底呆れた表情をしてジト目で見やる。そしてタイミングを見て諌《いさ》めようとした時のことだった。

「おにぃ、はるちゃん、目立つからやめ――」

「――くく、くは、あはははははは！　一体何やってるんだ、君たちは……ははははっ！」

突如、隼人と春希に向かって、よく通る笑い声が浴びせられた。

声の主は心底可笑《おか》しいとばかりに腹を抱えている。それは普段のどこか落ち着いている学校の様子からは考えられないような、無邪気な笑い声だった。

だから隼人はより一層しかめっ面を作って呟《つぶや》く。

「…………海童《かいどう》」

隼人と春希は互いの顔を見合わせれば、そこでようやく鼻を摘んだり突っ込んだり耳を引っ張ったりしている滑稽《こっけい》な姿を衆目に晒していることに気付く。

この随分と仲睦《なかむつ》まじいとも言える姿は、周囲の通行人の視線と忍び笑いという形でいかに目立っているかということを示していた。

隼人と春希は慌てて手を離し距離を取る。しかし海童一輝《かずき》はそんな隼人と春希を見て、可笑しそうに肩を揺らし目尻《めじり》の涙をぬぐう。

「ははっ、その、奇遇だね、霧島くんに二階堂《にかいどう》さん」

「そう、だな」

「僕と違って2人は偶然じゃなさそうだけどね」

「……あぁ、そうだよ」

隼人はガリガリと頭を掻きながら、はぁ、と観念したかのようなため息を零した。

先ほどの状況を思い返す。子供のじゃれ合いそのものだった。とてもじゃないが、転校したての隣の席同士の男女がするようなものではない。

現に海童一輝は顎《あご》に手を当てながら大仰にうんうんと頷き、さも面白いものだと言わんばかりの表情だ。

（……あー、迂闊《うかつ》だった。しかもよりによって見つかるのがコイツとか……）

休日、街で学校の人と出会う——彼の様に話しかけられはせずとも、誰かの目に触れるというのは当然のことだ。

それでなくとも春希という少女はよく目立つ。見た目に気合いを入れた今日は、格別に。

前回見られなかったのは滞在時間が短かったというのと、主に店内にいたこと、ドラマ撮影で他に目を引くものがあったからだろう。

「そっちの女の子が噂の幼馴染さんかな？　初めまして、2人と同じ学校の海童一輝です」

「っ！」

「あ、おい、姫子！」

改めて隼人と春希を観察していた海童一輝は、姫子の存在に気付きにっこりと笑いかけ自己紹介をする。

海童一輝は見栄えが良い。いわゆるイケメンだ。その数多くの女子を虜《とりこ》にしてきた笑顔を向けられた姫子はどう反応して良いか分からなくなり、そして人見知りをいかんなく発揮して隼人の背中に隠れてしまう。これには隼人も海童一輝も苦笑を零すしかない。

「残念、フラれてしまった。それにしても姫子……呼び捨て、ね」

「あー、それはだな……」

肩をすくめた海童一輝は、言葉とは裏腹に興味津々といった目で、口ごもる隼人と姫子を見比べる。

何ともバツの悪い空気だった。それは隼人と春希、姫子の関係を学校では公にしていないというやましさも手伝っている。

無遠慮、ともいえる視線に晒された姫子はビクリと肩を震わせ、隼人のシャツの背中に皺《しわ》が出来る。何とも説明しづらい状況だ。そしてチラリとそんな姫子の顔を見た隼人が、口を開こうとした時のことだった。

「海ど――」

「ちょっと海童、ジロジロ見過ぎ！　ひめちゃんビックリしてるでしょ！」

「おっと、これは失礼」

「――春希」

春希が海童一輝の前に、姫子への視線を遮るかのように躍り出た。

その顔は彼を非難するかのように眉《まゆ》をひそめており、ビシリと人差し指を突き付ける。

驚いた海童一輝は思わず仰《の》け反り両手を上げる。

またもや海童一輝は驚いていた。

当然だ。春希の言動や態度はあまりに普段の学校で見かけるそれと違っており、それが自身へと向けられれば戸惑うなという方が難しい。しかし同時に、強い興味も抱かせる。

だからお返しにと投げかけた言葉には、多分に揶揄《からか》いの色を含んでいた。

「……それにしても二階堂さん、すごく可愛らしい感じだね。その服も髪型も、随分と学校でのイメージと違う。驚いたよ、霧島くんに見せる為かな？」

「そうだよ、当たり前でしょ。隼人やひめちゃんを驚かすために、こんな格好してるんだから。じゃなきゃ、こんな格好なんてしないよ！」

「っ！　……へ、へぇ、そうなんだ」

しかしそんな海童一輝の意地悪めいた言葉はさらりと受け流され、開き直った春希は自分の姿を見せつけるかのように、腰に手を当て胸を張る。

海童一輝はそんな春希の行動に目を見開き、そして眩《まぶ》しそうに目を細めた。

「もっとも、隼人にしてやられたけどね。まぁでもボクのエロい下着を見せてあの反応ってことは、アレはボクの勝ちってことで良いかな――むぐっ⁉」

「おい、春希！」

「ぶふっ！　な、エロい下っ……けほ、けほっ！」

「はるちゃん、もういいからこっち！」

そして春希はドヤ顔で、隼人へ故意に下着を見せつけたと言い切った。

驚き咽《むせ》る海童一輝。あちゃあと額に手を当て天を仰ぐ隼人に、思わず口を塞《ふさ》ぎに動いた姫子。そこで初めて春希は自分が何を言ってしまったかを認識し、羞恥《しゅうち》に顔を赤く染める。

当然ながら先ほど以上に目立ってしまっていた。春希の鈴を転がすような声はよく通り、エロい下着という単語に反応した周囲の視線が痛いほどに突き刺さる。

ただでさえ隼人も姫子も注目されていることに慣れていない。その場の空気に耐えられなくなった2人は春希を引きずりながら、慌てて人通りの少ない端の方へと移動した。

自分のしでかしたことを正しく認識した春希は顔を両手で覆ってうずくまり、幾分か調子を取り戻した姫子に慰められては「うぐぅ」と涙目で鳴き声を漏らしている。

そして代わりに隼人が痛む頭を押さえながら、付いてきた海童一輝の前に出た。

「まぁなんだ、海童。春希のアレは昔からなんだ。武士の情けでというか、見なかったことにしてやってほしい」

「いいけど……その、キミ達は随分と仲が良《い》いんだね」

「そりゃ、幼馴染で古い付き合いだからな……って、もう気付いてんだろ？　で、散々春希が周囲に幼馴染と言ってきたコイツは姫子。俺の妹」

「き、霧島姫子です。は、はじめまして……っ」

「あ……こちらも改めて、海童一輝です」

幾分かいつもの様子を取り戻した姫子は、隼人に背を押される形で恐る恐るであるが、今度はしっかりと挨拶《あいさつ》をした。それに気付いた春希は、先ほど姫子にやられっぱなしだったこともあって、いい子いい子と頭を撫《な》でる。

「お、今度はちゃんと出来たね、えらいえらい」

「もぅ、はるちゃんは調子いいんだから！」

「……ったく、何やってんだ。そろそろ行くぞ」

そうやって隼人が促せば、「「はーい」」と調子のよい言葉が返って来る。それは幼い頃に幾度となく繰り返されたものであり、先ほどのようなアクシデントがあったものの、もはやいつも通りの空気になっている。それは隼人たち《幼馴染》だからこそ、作り出せる空気だった。

隼人は少し照れたような顔を浮かべながら、海童一輝に声をかける。

「今日は皆《みんな》で初めて映画館に行くところなんだ。田舎じゃなかったしな。時間もアレだし、俺たちはそろそろ行くわ……その、今日のことは黙っていてくれると嬉《うれ》しい」

それじゃあと、隼人は手を挙げて身を翻す。

隼人と海童一輝は知り合ってまだ間もない。特別仲が良いというわけでもないし、噂の件もあって、友達ともいえないあやふやな関係だ。

「待ってくれ！　その、僕も一緒に連れていってくれないかな……っ！」

だからその言葉は予想外の一言に尽きた。

「海童……？」

「むっ⁉」

呼び止められて振り返った隼人と春希は、互いに驚き顔を見合わせる。

そして何より海童一輝の顔が一番驚愕《きょうがく》に彩られており、本人もどうしてそんなことを言ってしまったのか自分に戸惑いを隠せていない。困惑の空気が流れる。

そんな中、一番初めに口火を切ったのは春希だった。

「どういうつもり？」

ぐいっと一歩踏み出し詰め寄る。怪訝《けげん》な様子の春希は、いっそ睨《にら》むという形容がぴったりな目をしている。海童一輝も思わず後ずさる。

しかしそれも一瞬、海童一輝は春希をしっかりと見返して、たどたどしくも言葉を紡ぐ。

「……ええっとその、僕が居た方が色々と都合が良いと思うんだ」

「都合がいい？」

「ほら、君たちのことって大っぴらにしていないだろう？　だから僕が居るとダブルデートの様に見せられるし、他の誰かに見つかったとしても誤魔化しが利――」

「だっ、だだだだぶるでーとっ!?」

「――くというか……って、二階堂さん？」

「だ、ダブルデートって、誰と誰がどうなって!?　は、隼人はダメだよ、あげないからね！」

　突如ダブルデートという単語に敏感に反応してしまった春希は、瞬間湯沸かし器となってしまった。今にも頭から湯気が出そうな顔でスカートのフリルを弄《いじ》りながらチラチラと隼人と姫子の顔色を窺《うかが》う。完全にアレな状態になっていた。

　様子を見守っていた隼人はやれやれといった様子で「あげないって俺はモノかよ」とため息を吐きながら、ポンコツになった春希を姫子に預け、海童一輝へと向き直る。

「……で」

「で？」

「どういうつもりだ？」

「つもりもなにも、言った通りなんだけど」

「…………ふぅん？」

「……き、霧島くん？」

　隼人はその真意を探ろうと、ジッと海童一輝の瞳《ひとみ》を見つめる。

　不安げに揺れつつも、何かの期待に満ちた色に揺れていた。何かを恐れているようにも、眩しいものを求めるかのようにも見える。……どこか覚えのある瞳だった。

　――二階堂春希と海童一輝はよく似ている。

　またしてもそんなことを思ってしまう。

　隼人としては海童一輝の事情なんて知らない。ましてや深入りする気もない。だけどあまりに似た色をした目を前にしてしまうと、やはり放って置くには気が引けてしまう。

　それに先程からの言い訳じみた海童一輝の弁だが、確かに一理あると納得するものでもあった。余計なトラブルを避けるのには効果的だろう。大きなため息を吐いた隼人は、ガリガリと頭を掻《か》き乱し、やがて観念したかのように、はぁ、と大きなため息を吐いた。

「……コーラとポップコーン、奢《おご》りな」

「霧島くん！」

「隼人ーっ⁉」

　驚きつつも喜びを滲《にじ》ませる海童一輝の声と、抗議めいた声を上げる春希の声が対照的だった。隼人も思わず困った笑いを零《こぼ》し、話はこれでおしまいとばかりに、スタスタと先へと足を進める。

「あーもぅ、せっかくあたしが整えたのに！　おにぃも、はるちゃんも！」

　そして隼人はぐちゃぐちゃになった髪を、追いかけてきた姫子に非難されるのだった。

　映画館、それはとても大きな建物だった。

　学校の体育館の優に倍はある敷地面積に、12階建てという大きさは見上げれば首が痛くなってしまうほどで、その威容に圧倒されてしまう。

「でっけぇ……」

「すご……」

「あはは、ボクもこれは予想外というか……」

　グランドシネマスピリッツ——ここが本日隼人たちが訪れた、シネマコンプレックスである。

　国内最大級の巨大スクリーンの他、体験型シアターやカフェ、グッズショップなど様々な設備を擁するそこは、ある種のアミューズメント施設ともいえる。

「霧島くん、入らないのかい？」

「あ、あぁ、すまん。その、こういうとこ初めてでな、ビックリしているのと入り口がどこかわからなくて……下の方は色んな施設が入ってんだな……」

「1階から3階は各種テナントが入ってるね。ええっと……映画館は隣のエスカレーターで上って4階が入り口、こっちだ。上の残り全部がシネコンみたいだ」

「っと、行こう、春希、姫子」

「……むぅ」

「う、うんっ」

　そんな彼らの中、海童一輝だけは平然としていた。慣れているのだろうか？　呆気《あっけ》に取られている3人を微笑ましい目で見つつも彼らを促す。

　その視線は隼人と姫子にとっては引っ越し以来度々向けられ慣れている視線だ。月野瀬との違いに驚いた時によく向けられるものである。

　しかし春希にとっては違う。

　普段の擬態もあってそんな視線にさらされたのは初めてであり、少し不機嫌そうな表情を浮かべ、先を行く隼人と海童一輝の間に身を滑らせる。

「ちょ、ちょっと驚いただけだし」

　するとより一層愉快気な顔になった海童一輝と目が合い、フンッとばかりに目を逸《そ》らした。

　ちなみに隼人と姫子はキョロキョロと４階まである巨大なエスカレーターから周囲を物珍しそうに見回しており、その様子に気付いていない。完全に絵に描いたかのようなお上りさんである。

「わぁ！」

「へぇ」

　シネコンのエントランスも、これもまた度肝を抜くものだった。

　上階と吹き抜けになっている円形状フロアに、流線形を意識した近未来的なデザインの施設内を、多くの人が流れるように行き交っている。

　当然ながら隼人と姫子はこういう場所は初めてだ。

　そして長年都会に住んでいるもののぼっちを拗《こじ》らせている春希も初めてであり、３人共どうしていいか分からず立ち尽くしてしまう。

　そんな彼らを見て海童一輝は愉快気に喉《のど》を鳴らし、そして隼人に話しかける。

「ええっと、見るものは決まっているのかい？」

「あ、あぁ。Ｆａｉｔｈ劇場版第３章だ」

「アニメの？」

「意外か？」

「少しね。今なら『那由多の刻』がクラスでも噂になっていたから、てっきり」

立ち尽くしていた春希の肩がピクリと反応する。

那由多の刻、それは春希にとって地雷ともいえる話題だ。

不機嫌そうな顔を隠そうともしない春希に気付いた隼人は、慌てて財布からお札を取り出し海童一輝に押し付ける。

「海童、その、俺使い方とかわかんねぇから、任せていいか？　ほら、春希と姫子の分も」

「オッケー、適当に4人並べるところでいいかな？」

「あぁ、助かる」

海童一輝も春希の空気を敏感に感じ取っていたようだった。

そして隼人に合わせるかのようにお金を受け取り、少し眉《まゆ》をハの字にしつつもにこりと爽《さわ》やかな笑みを浮かべ去っていく。

隼人は、随分と人のそうした機微に聡《さと》いと感心する。なるほど、モテるのも頷《うなず》ける。

そして遠めからもスムーズな所作であっという間にチケットを購入してきた。電車の券売機でもたつく隼人とは大違いである。

「す、すいません！　うちのおにぃ、頼りなくて」

「お前に言われたくないぞ、姫子……」

「はは、どういたしまして。それに普段から霧島くんは、こういうのが苦手だって聞いているしね」

そう言って無邪気ともいえる人懐っこい笑みで気さくに答える海童一輝は、人見知りの姫子の態度を軟化させるのにも成功していた。人と打ち解けるのが上手《うま》い。

隼人は彼のその人当たりの良さに感心しつつも、何ともいえない表情を浮かべる。

「スクリーンは7、てことは8階ね。どうせならエスカレーターでゆっくり行きましょ！」

「あ、はるちゃんっ！」

春希はそんな海童一輝がお気に召さないようだった。ぐるると唸《うな》り声を上げながら彼と姫子の間に身体を滑らせて、強引に姫子の腕を取る。

そんな春希を見た海童一輝は笑顔をそのままに肩をすくめ、宥《なだ》めすかして通り過ぎる横顔に声を掛ける。

「大丈夫、どちらも取ったりしないよ」

「〜〜〜っ！」

「あ痛っ！」

図星なのか耳まで真っ赤に染め上げた春希は、海童一輝をねめつけながら思いっきり彼の脛《すね》を蹴《け》り上げた。無駄に良い運動神経から繰り出される容赦のない一撃だ。

海童一輝は思わず蹲《うずくま》り、蹴られた場所を押さえる。しかしその顔は涙目だがどうしたわけか可笑《おか》しいとばかりに、にこにこと笑顔を崩さない。

隼人はガシガシと頭を掻きながら、呆《あき》れたようにため息を吐く。

「海童、お前バカだろ」

「そうだね、自分でもビックリだ」

姫子が期待していた７６８人入れる巨大スクリーンではなかったものの、それでも優に４００人を超える収容規模であり、隼人や姫子、そして春希を大いに驚かせる。

そしていざ映画が始まれば、何とも気難しい空気を醸し出していた春希もすぐさまそれを霧散させた。それだけ映画にのめり込んでいく。

映画の出来は素晴らしかった。作画のクオリティもさることながら、シリーズ物の途中から見始めた隼人と姫子を、ぐんぐんとストーリーに引き込ませる。

春希に至ってはハラハラするシーンでは息を呑《の》み、心揺さぶられるところでは洟《はな》をすすり、画面に前のめり。きっちり最後のスタッフロールまで見終えてエントランスに戻れば、満足気な表情でその感情を爆発させた。

「すん〜〜〜っごい、良かった！」

くるりと身を翻し、胸の前で拳《こぶし》を握りしめながらキラキラした目で力説されれば、隼人でなくても釣られて笑顔になってしまう。

「想像以上だったよ、はるちゃん！　これもう前作とか色々気になっちゃう！」

「でしょ、ひめちゃん!?　今度色々持っていくから！」

「春希、姫子は受験生なんだ、ほどほどにな」

「うぐ、分かってるって……」

「ははっ、でも確かに面白かったね。特に終盤のバトル、即席コンビにもかかわらず、信頼感のあるあの台詞《せりふ》とか」

「む、そこに目を付けるとはやるね、海童！　あそこは原作になかったところなんだけど、だからこそ印象が強かったね！」

そして同じ話題で盛り上がれば先ほどまでの空気もどこへやら、春希はすっかりと上機嫌になっているのだった。隼人ははしゃぐ春希の姿を見ては目を細める。

（ったく、単純なやつ）

そして如何《いか》にそのシーンが凄《すご》いかと語る興奮気味の春希は、くるくるとパンフレットを丸め出し、大きく息を吸う。スッと流れるような所作でパンフレット《短剣》をこちらに向ける。

春希の纏《まと》う空気が一変する。

「『私は貴女《あなた》と違って、信頼しておりますから』」

「「――っ！」」

その刹那《せつな》、周囲の世界が変貌《へんぼう》した。それは春希の、今までに聞いたことのない、涼やかな声だった。その場にいた誰もが目を見開き息を呑む。春希を見れば、先ほど映画の中に居たキャラと錯覚してしまう。圧倒されて言葉がない。

春希としては、かつてのごっこ遊びの延長だったのだろう。かつて月野瀬に居た頃も、アニメや特撮を見た後、よくあったことだ。しかし、あの時とは明らかに何かが違う。

驚く隼人を見て満足したのか、春希は悪戯《いたずら》っぽい笑みを浮かべていつもの調子に戻る。

時が動き出す。

「……は、はるちゃんすごい！　ビックリ！　確かにあのシーンって、いつの間にか出来ていた絆《きずな》がよくわかるところだったよね！」

「でしょでしょ!?　あれは監督が分かってるね、キャラへの愛だよ、愛！」

「そこも良かったけどさ、あたしとしてはチビを託すとこがグッときた！」

「あーっ！　あそこもいいよね！」

いち早く正気に戻ったのは姫子だった。春希の興奮に引きずられる形で、人目を気にせずきゃいきゃいと映画の話題で盛り上がる。

そして春希は大きく息を吐き、目を瞑《つむ》る。だらりと身体の力を抜く。纏う空気が変わる。

そして目を開けた瞬間、またも映画のシーンが再現された。

「『お前が、守ってくれ』」

今度は低く、しかし凛《りん》として透き通るような声色だった。その表情とたたずまいは歴戦の忠義の戦士さながらであり、とても15歳の少女のモノとは思えない。

「……これは、凄い」

「……春希のやつ、あーその、被《かぶ》るための猫の種類が随分豊富みたいだな」

隣の海童一輝も、思わず感嘆の声を漏らす。

隼人も悪態じみたように返事をしつつ、正直意外な才能だとは思った。だが自分で言いながらも、妙に納得もしてしまった。

「きゃーきゃー、それそれ！　短い言葉だったけど、色んな想いが込められてたよね！」

「ほほぅ、これはひめちゃんには是非とも過去作を見てもらわねばなりませんなぁ……あ、ちなみに隼人はどこがイチ押しだった？」

「っ!?　あーその、俺はだな……」

そして今度は隼人に話の水が向けられた。

映画よりも春希の思いがけない特技に意識が行っていたこともあり、何かないかと視線を周囲に泳がせる。すると、随分と注目を浴びていたことに気付く。

当然だ。隼人の目から見ても、客観的事実として春希は美少女だ。特に今日はあざとく、いかにも男受けするような格好である。それだけでなく、隣に並ぶ姫子も気合いが入っており、並んでいても遜色《そんしょく》がない。海童一輝は言わずもがな。

加えて、先ほどの迫力ある演技。興味を持つなという方が難しい。

（それにしても、エントランスとはいえ人が多い――――ッ!?）

そして周囲を見渡せば、あるポスターが見えた。思わず瞠目《どうもく》してしまう。

思えばグランドシネマスピリッツは大きな映画館である。それに姫子や海童一輝の口からも、そのことについて出ていた。

『那由多の刻　７６８人収容特大スクリーンにて本日舞台挨拶《あいさつ》　主演――田倉真央《たくらまお》』

このエントランスにどこか整然と集まっている人々、その理由を理解する。

そして間の悪いことに、彼らの目的の人物が奥から顔を出す。

彼女も驚いていた。どうしたわけか出待ちをしていたはずのファンたちの視線が、春希に注がれているのだ。この異変に気付かないわけがない。

エントランスの奥に背を向けている春希が気付いていないのが幸いか。田倉真央の目が大きく見開かれるのと、隼人が春希の手を取り外へと駆け出すのは同時だった。

「こっちだ、付いてこい！」

「おにぃっ⁉」

「霧島くんっ⁉」

「みゃっ⁉　そのシーン、微妙に台詞も違うし、隼人ーっ⁉」

あまり人に使われることのない階段を、２段飛ばしで駆け降りる。勢いよく階下へと向かう様は、転がり落ちるといった方が良いかもしれない。

随分と行儀の悪い姿だろう。そんなこと知ったことかと外を目指す。いや、気にする余裕がないと言った方がいいだろうか。

そして大通りに出る頃には、隼人も春希もすっかり息が上がってしまっていた。

「はぁっ、はあっ」

「ふぅーっ、ふぅーっ」

そんな場所で膝《ひざ》に手をつき息を荒らげる若い男女の姿は、随分奇異に映るのか通り過ぎる人々の好奇の視線を集めてしまう。

春希が恨めしそうな顔でねめつければ、隼人はバツが悪そうに頭を掻《か》く。

「も、もぉ！　いきなりどうしたってわけなのさ！」

「…………ごめん」

「いや、別に謝って欲しいわけじゃ――…………ぁ」

隼人はちらりと視線を上へと向ける。春希も釣られてみれば、スッと表情が消える。

映画館入り口上にある、巨大なポスター。そこに写る妙齢の女性、田倉真央。

「……」

「……」

春希は事情を察したものの、何も言えないでいた。隼人も、そんな春希にかける言葉を持ち合わせていない。どこか歯《は》痒《がゆ》く、もどかしい。

そしてふいに春希は笑いを零《こぼ》し、隼人へ向き直る。

「あはっ、隼人ってさ、過保護だよね。それとやっぱりお節介」

「っ！　……別に、普通だろ」

「隼人にとっては、ね」

「そうか？」

「そうだよ。だからボクもね、頑張らないと」

何をだよ、とは聞けなかった。微笑み見つめる春希の瞳《ひとみ》が、隼人の言葉を奪う。

どこか呆れたようでいて、しかしやけに真剣で、そして意志の強さすら感じさせる。不思議な目だった。どういうことか探るように見つめ返す。

（……綺麗《きれい》、だな）

だというのに、そんな感想を抱いてしまう。目が離せなかった。

パッチリとした大きな瞳は深く澄み渡っており、そのくせ底が見えないほど深い。だから吸い込まれるかのように魅入ってしまう。心臓がドキリと跳ねる。

「だからさ、なんていうかさ、これからのボクを見ててよ」

「っ！　……あ、あぁ……」

不意に前から覗《のぞ》き込むかのように微笑まれれば、ドキリとしてしまうのも無理はない。

そして胸元から黒いレースがチラリと見えた。

隼人は自身の知らない感情に支配されていた。心臓は有り得ないほどに早鐘を打つ。だから慌てて身体ごと目を逸《そ》らし、ガリガリと頭を掻く。

「おにぃ、はるちゃんも！　急になにさ、もぉーっ！」

「あ、姫子」

隼人が丁度顔を逸らしたところで、姫子と海童一輝の姿が見えた。どうやら追いかけてきたようだ。

姫子は突然の行動にお冠で、腰に手を当てもぉもぉと鳴きながら詰め寄ってくる。

「あの後大変だったんだからね！　何かやたらと注目されてるし、舞台挨拶の俳優さんの移動の出待ちもあったみたいだし、ていうかちょっとそれを見たかったし——って、聞いてる、おにぃ⁉」

「はいはい、悪かったってば」

隼人は姫子を宥《なだ》めつつも胸《むね》を撫《な》で下ろしていた。助かったとさえ思っている。

だが姫子はそんな兄の態度が気に入らないのか、ますます眉《まゆ》の端を吊《つ》り上げていく。真実それは、隼人の誤魔化しである。当然だろう。

「まぁまぁひめちゃん、アレはアレだから。そのアレでアレになるから落ち着いて？」

「その姫子、アレはアレでさ、その、お昼おごるから機嫌直してくれ」

「ぐぬぅ、２人して昔からもう……——うん？」

「……どうした、姫子？」

「ひめちゃん、どうしたの？」

「いや、何か見られていたような……？」

ふと何かが気になったのか、姫子は辺りをキョロキョロと見回した。

隼人と春希も周囲を窺《うかが》うも、大勢の人が流れるようにどこかへ向かっていく光景があるのみ。騒いでいたためか少々耳目を集めているとは感じるが、別段おかしなものは見当たらない。姫子も首を傾げてしまう。

そこへ空気を読んで場を仕切り直すかのように、海童一輝が割って入る。

「とりあえず移動しようか。あれだけ騒げば誰かに見られることもあるだろうしね」

「うぅ～ん……でもそだね。お腹も空《す》いちゃったし……あ、そだ、あたし行ってみたいお店あったんだよね。ええっと……」

そう言って姫子はスマホで検索を開始する。

それを横目に、今度は海童一輝が隼人と春希に話しかけてきた。

「ところでアレって何？」

「………さあ？」

「何なんだろうね？」

３人は顔を見合わせて笑うのだった。

やってきたのは若年層に人気の、低価格で有名なイタリアンのファミレスだった。

「え、うそ、勝手に空いてるところに座っていいの⁉　メニューないけど注文は……タブレット⁉　ど、どどどう使うの⁉」

ファミレス自体が初めての姫子は「これちゃんと注文出来てるの⁉」「ドリンクバーって本当にどれだけ飲んでも金額変わらないの⁉」といった、いかにも初心者然とした姿を晒《さら》していた。いつぞやの隼人の姿の焼き直しである。

そしてファミレス2回目の隼人はそんな姫子に代わって「不安なら履歴で確認出来るぞ」「不安なら代わりに飲み物取って来てやろうか？」と言えば、姫子は悔しそうに「うん」と頷《うなず》く。ちなみに春希もこっそり、「……メロンソーダ」と呟《つぶや》いていた。

「ぐぬぬ、ていうかおにぃさ、何でそんなに手慣れてるの⁉」

「ホントだよ、隼人なのにビックリだよ！」

「そりゃ初めてじゃないからな」

「なっ！　おにぃなのに⁉」

「隼人なのに⁉」

「……お前らな」

驚く春希と姫子のジト目と、隼人の声が重なり合う。

ちなみに春希はといえば、一見澄ました顔をしているものの、やたらと周囲が物珍しいのかキョロキョロと視線を彷徨《さまよ》わせている。姫子のそれと変わらない。

海童一輝はそんな彼らの様子を見守っており、その視線を受けた姫子と春希は気恥ずかしさから縮こまってしまう。

しかし料理が届くや否や春希と姫子はその目と表情を輝かせた。

きゃいきゃいと騒ぎながら互いのパスタの味が気になるのか、一口ずつ交換したりする。

ちなみに隼人は問答無用で2人から一口ずつ収奪されたりしていたが、それよりも「これで300円!? 下手すれば家で作るよりも安いじゃないか！」とあまりにものコストパフォーマンスに戦慄《せんりつ》していた。

和やかな空気だった。

春希や姫子が騒いで話題を提供し、隼人はその2人から茶々を入れられたり突っ込まれたりして、海童一輝はそれらを見守りつつも時折フォローしたり仲裁したりする。調和がとれているといっていい。そんな中、海童一輝はしみじみといった様子でポツリと呟く。

「霧島くんと二階堂さんって、いつもこうなのかな？」

「うん？」

「さっき映画館で走り出した時はすごい剣幕だったよね？　でもさ、ほら、今はもう笑ってる」

「それは……まぁうん。そう、だな……」

隼人はそういえばと思い出す。先ほどのことは随分と突飛な行動だったと思う。気にならないはずがないだろう。

「そうだよね。確かにさっきのはないよね。あたしはおにぃとはるちゃんだからって流しちゃったけど、傍《はた》から見れば異常だよね」

そして代わりとばかりに姫子が、パスタを頬張りながら呆《あき》れたように相槌《あいづち》を打つ。

「ま、俺も春希によくいきなりのことで振り回されるし」

「む、それはボクの方こそがと言いたい」

姫子の言葉に乗っかる形でそんなことを口にすれば、春希が唇を尖《とが》らせて抗議する。

そんな兄と幼馴染《おさななじみ》の姿を目にした姫子が、心底呆れたとばかりにため息を吐けば、海童一輝も堪《たま》らないとばかりに笑い出す。

「仲が良《い》いんだね」

だがその言葉を聞くや否や、隼人と春希は互いに眉をひそめて顔を見合わせる。

——決して悪くはないだろう。だけど、良いと言い切るには何故か抵抗があった。

本当に仲が良ければ、何でも話せて、今のような状況に陥っていない。

だから隼人と春希の表情は、どちらも微妙に強張《こわば》っており、続く声色はぶっきらぼうでどこか他人事《ひとごと》だった。

「……ボクたちって仲が良いのかな?」

「さてな。悪くはないだろうよ」

「おにぃ、はるちゃん……」

「ははっ、そうかい」

だが傍から見ればそれは、照れ隠しで恥ずかしがっている様にしか見えない。

姫子は呆れたようにフォーク片手に頬杖《ほおづえ》を突き、海童一輝は眩《まぶ》しそうに目を細める。

隼人は微妙にニュアンスが伝わっていないと感じ、訂正しようと口を開こうとして——

そして誰かに遮られた。

「あれー、こんなところで珍しい。裏切り者の海童じゃん」

突如、そんな言葉を浴びせられる。

声の発信源を見た海童一輝はピクリと肩を震わせ、みるみる表情を強張らせていく。

そこに居たのは、男子４人のグループだった。

「相変わらず女子と一緒なんだな、海童」

「で、今度はどういう繋《つな》がり？　あ、もしかして早速もう修羅場？」

「お前、そういうの全然変わってないのな」

隼人は彼らの顔に見覚えがなかった。

見たところ同世代だろう。春希の方に目線で尋ねてみるも軽く左右に顔を振られるのみ。

どうやら同じ高校というわけではないらしい。

しかし海童一輝にとっては違うようだ。

その顔は常に涼し気な彼からは想像出来ないほど蒼白《そうはく》としている。

彼らも一様にニタニタと底意地の悪そうな笑みを浮かべて海童一輝を卑しめる言葉を吐けば、とてもじゃないが友好的な様子には見えない。剣呑《けんのん》な空気だった。

「……っ」

海童一輝は俯《うつむ》き、歯を食いしばっている。

彼らが如何《いか》に挑発しようと拳《こぶし》を握りしめ、青白くなるほど力が籠《こ》められるが何も反応をしない。それはまるで嵐が通り過ぎるのをただただ耐えているかのように見える。

（……なんだ、これ）

隼人は突然のことに困惑していた。

いきなり見知らぬ相手がやってきたかと思えば、成り行きとはいえ連れ立っている海童一輝を悪しざまに言われればいい気もしない。

それに少なくとも隼人の知る海童一輝は、誰かを故意に傷つけたり貶《おとし》めるような人間ではない。思わず眉をひそめてしまう。

「アンタもさ、女子目当てなら海童とつるむのは止めといた方がいいぞ」

「そうそう、コイツ顔同様、いい性格をしてるぜ？　中学の時とかまぁ酷《ひど》かった」

「ホイホイ釣られる女も女だけどな、はっ！」

そして不意に彼らは隼人へ話しかけ、一瞥《いちべつ》するかのように春希と姫子を嘲笑《あざわら》う。嫉妬《しっと》、侮蔑《ぶべつ》、憎悪……それらのものに似ているがどこか違う。複雑なものだがしかし、春希や姫子ではなく女子に対して含むところのある視線だった。

彼らと海童一輝との関係はよくわからない。だが話しぶりから、なんとなく予想は付いた。海童一輝はよくモテる。きっと、そういうことなのだろう。

チラリと隣に顔を向ければ何も言い返さず唇を嚙《か》み締める海童一輝。

本音を言えば、隼人にとってはどうでもいい事だった。過去なんて知ったことじゃない。海童一輝にそこまで興味があるというわけではない。

だけど彼らの方へと視線を戻せば、そこには醜く歪《ゆが》み憎悪と共に妬《ねた》ましさが混じった顔が目に飛び込む。それがひどく隼人の胸をざわつかせる。その表情にはどこか覚えがあった。

『――海童さんの本命は二階堂さんだって』

かつての三岳《みたけ》みなもの言葉を思い出す。

（……あぁ、くそっ！）

そして先日の自分の子供じみた行動も思い出し、ガシガシと頭を掻《か》く。まるでその時の自分を見せられているかのように感じてしまい、渋面になってしまう。もう彼らを見てはいられなかった。

「メシが不味《まず》くなった。出るぞ春希、姫子……それに海童も」

やおら席を立ち上がった隼人は、半分近く残っている皿をそのままに、伝票を引っ摑《つか》んでレジへと向かう。その顔は自嘲《じちょう》で歪んでいた。

「なっ⁉」

「てめ……っ！」

「き、霧島くんっ⁉」

突然の行動に面食らったのは彼らだけではない。

海童一輝は隼人の行動だけでなく、自分の名前が呼ばれた事にもひどく驚いており、どうしてといった顔で泡を食う。姫子はオロオロとした表情で残された皆《みんな》の顔と料理の残っている皿を交互に見やり、きゅっと春希のスカートの裾《すそ》を摑む。

そんな中、春希だけがやけに落ち着いており冷静だった。

「あのさ、一応ここでハッキリ言っておくけど、ボクって海童のことは好きでもなんでもないんだよね」

淡々と、そして無機質な声で彼らに告げる。

その春希の言葉は、隼人を追いかけようとした彼らの足を止めるのに十分なものだった。

驚き目を丸くする皆を前にして、春希はさも迷惑と言いたそうな表情で、愚痴るかのように言葉を続ける。

「好きどころか逆だよ。普段外面ばかり取り繕って本心を見せないところとかさ、誰にでも良い顔をしようとして愛想を振り撒《ま》いたり、本音を言わないくせに察してもらいたがったりとか……あと今日だってボクたちの間に強引に割って入ってきたり、本ッ当ーに気に入らない！」

それは果たして誰に向けて言ったものなのか。

どんどんと熱が籠《こ》もっていった声色は、最後は啖呵《たんか》を切るかのように語尾を強めていた。

そして春希は目を細め彼らを一瞥する。

「そんな上っ面だけ見てどうこう喚《わめ》くあんたたちは、それ以下だね。行こ、ひめちゃん」

「……あっ」

呆気《あっけ》にとられる彼らを無視して、春希も立ち上がり姫子の手を引く。

彼らにしてみれば突然の展開だった。

それでも春希にもバカにされたとわかった彼らの中の1人は、顔を真っ赤にして春希に掴みかかろうとする。

「ちょっ、待てよこのクソア――」

「――ふんっ！」

「あがっ⁉」

しかし春希はなんてことない風に軽やかに身をかわし、ついでとばかりに足を引っかける。勢いづいた彼はそのまま床へとぶつかり無様に這《は》いつくばり、情けない声を上げた。

これほどの騒ぎを起こせば必然、店内の注目を集めてしまう。端から見れば美少女にすげなくされ床にはいつくばっている構図だ。

彼らはバツの悪そうな顔で倒れた彼を助け起こし、そそくさと席へと去っていく。これ以上は恥の上塗りになるのがわかるのか、何かをするつもりもないようだった。

「……ほんと、ダサッ」

春希はそんな彼らを見下す様に吐き捨て、ため息を1つ。

そして未《いま》だまごついたままの海童一輝に声を掛ける。

「ほら、行くよ。………………海童も」

「っ！　……あぁっ！」

返事をする海童一輝の声は、少し震えていた。

「もぅおにぃ、いきなり何してんのさ！　食べてる途中だったのに！」

「あーその、すまん。悪かったって」

店を出て少し行ったところでは、隼人が姫子に怒られていた。

さすがに隼人も自分勝手な行動をしたという自覚があり、姫子に言われるがままである。

助けを求めるかのように春希の方へと視線を移すも、肩をすくめられるだけだ。だがその瞳《ひとみ》はやけに優しい。それは姫子も同様だった。

「霧島くんっ！」

「海童」

少し遅れて合流した海童一輝は、すぐさま隼人に頭を下げた。

「その……さっきはありがとう。彼らは同じ地元の中学で――」

「やめてくれ、わざわざ話さなくてもいい。聞きたくもないし、興味もない。アレは俺の勝手な行動だ。海童は関係ないし、知らん」

「それでも……っ！」

しかし海童一輝は頑《かたく》なだった。

隼人としては複雑な心境である。それに、真正面からこうも感情をぶつけられると、邪険にもし辛《づら》い。

　だから隼人は困った顔のまま、ため息とともに本音を零《こぼ》す。

「俺は海童、お前のことが少し苦手だ」

「ははっ、それは見ればわかるよ。だけどそういうところが僕は……いやだからこそ、僕はキミと仲良く……友達になりたいんだ」

「……そういうことをわざわざ言うところとかが、苦手なんだ」

　ひらりと手を振った隼人は、話はこれで終わりとばかりに身を翻す。その顔は依然と困ったままだったが、口元は仄《ほの》かに緩んでいた。

「口直しに別の店に入りなおそうか。お前の奢《おご》りでな――……一、輝」

「っ、あぁっ！　霧し――隼人くんっ！」

「あ！　それならあたし甘いものがいい！　ハニートースト食べてみたい！」

「………ぁ」

　隼人が歩き始めれば、姫子は手を挙げ主張した。一輝は笑いながらその輪へするりと入っていく。

　春希はそんな3人の姿をどこか呆然《ぼうぜん》とした様子で眺めていた。

「はるちゃーん？　どうしたの、おいてくよー？」

「あ、うん。今行くーっ」

我に返った春希は、小走りで隼人の背中を追いかける。

しかしその顔は困った様子で、そして自嘲気味にぼそりと呟《つぶや》くのだった。

「……やっぱりボク、海童は気に入らないや」

第10話　だって、特別だから

西の空が淡く、陽炎《かげろう》のように揺らめきながら朱《あか》く染まっていく。

昼間の太陽によって暖められた空気は、夏らしい積乱雲となって夕陽を陰らせる。

そんな夕方から夜へと移り変わっていく様子を、隼人《はやと》たちは電車の窓越しに言葉もなく眺めていた。

あの後、姫子《ひめこ》の甘味リクエストで向かった先はカラオケセロリだった。先日隼人と春希《はるき》が入ったのと同じ店だ。

初めての場所に驚き慌てふためく姫子が、またも2回目で余裕もあった隼人にむくれたりする一幕があったものの、その後は食事にカラオケに大いに盛り上がる。特にハニートーストは、ダイエット中の2人が今日だけは特別とばかりに夢中になったものだ。

そんなことを思い出しているのか、皆の顔は疲労に滲《にじ》んでいるけれど、どこか心地よさと満足感にも溢《あふ》れている。

やがて電車は隼人と春希、姫子の最寄り駅へと辿《たど》り着く。

「じゃ、俺らここだから。……その悪かったな、春希も姫子も遠慮なく頼んで」

「いや、結局半分は出してもらったし、僕も皆の色んな側面を見られて楽しかったよ」

「あのその海童《かいどう》さん、今日はごちそうさまでした！」

「……その、海童、今日はあんがと」

電車を降りた隼人は振り返りざまにひらりと手を振れば、一輝《かずき》もそれに応《こた》えるかのように手をあげる。

「また今度一緒に行こう。隼人くんの抑揚のない一本調子の歌声はクセになりそうだよ」

「ばっ、てめ、うるせぇよ！」

「おにぃが歌下手でちょっと安心した、ていうかはるちゃんすっごく上手《うま》かったし！」

「そりゃあボクは風呂場《ふろば》で散々鍛えてきたからね！」

「春希……」

「はるちゃん……」

「ちょっ、隼人もひめちゃんもそんな切ないものを見る目で見ないで!?」

「ははっ！」

そんなやり取りが繰り広げられるのを見て、一輝がさも愉快気に肩を揺らせば、丁度電車の扉が閉まり、あっという間に別の街へと流れ去っていく。

「……帰るか」

ぼんやりと一輝を見送った隼人は挙げたままだった手でガシガシと頭を掻《か》いて、春希と姫子を駅の外へと促す。

その足取りは今日という日が終わるのが名残惜しいのかどこか重く、改札を出ようかという頃、ふと春希が足を止めた。

「あーボク、今日はもう夕飯はいいや。食べ過ぎちゃったし。このまま帰るね」

「あたしもー。あっても軽いものでいいかな、アイスとか」

「姫子、それはもう飯じゃないだろう。それじゃ春希、家まで送る」

「いいよ、一雨来そうだし……ほら」

「あー……」

空を見上げれば、赤黒く染まった入道雲がゴロゴロと厳《いか》つい声で唸《うな》り声を上げている。しばらくは持ちそうだが、怪しい雲行きである。

「そういうわけだから、またねっ！」

「あ、おい……ったく」

「またねー、はるちゃん」

春希は制止を聞かず小走りで駆け出した。

隼人の伸ばした手は空を切り、そしてため息とともに下ろす。

「……大丈夫かな」

「大丈夫じゃないの、子供じゃないんだし。おにぃ過保護すぎ。それよりスーパー寄って帰ろうよ」

「そう、だな……」

◇◇◇

日暮れの住宅街、春希は長く伸びた影を振り切るかのように駆けていた。

「あー、もうっ！」

今日は楽しかった。かつての子供時代のように楽しかった。

遊び場を野山や神社、普段は使われてない山小屋から、映画館にファミレス、カラオケへと変え、お互い新たに様々な一面を知った。

歌うのが苦手で棒読みを指摘されて仏頂面になる隼人。

今度クラスメイトと行くためにと、やけに真剣な顔でリズムを追いかける姫子。

曲と共に身振りを交えて春希が歌えばどこか悔しそうな顔で拍手をする隼人に、歓声をあげながらどうやって踊るのかと食いついてくる姫子――そして、そんな隼人を弄《いじ》って皆《みんな》の笑いを誘う、いつの間にか輪の中に入り込んでいた一輝。

思い返せば、みんな確かに笑顔だった。だというのに、春希の中ではドロリとしたものが渦巻き胸を焦がしている。痛みが走る。それは焦りにも妬《ねた》みにも近いものの、そのどれにも至りはしない、独占欲にも似た子供じみた感情だった。

「ひめちゃんがちょっと羨《うらや》ましいなぁ……」

ふと足を止め、そんなことを独り言《ご》ちる。気付けばもう家の前だ。

どうしてそんな言葉が口を衝《つ》いてでたのかはわからない。その理由に気付いていないかのように眉《まゆ》をひそめる。ドツボに嵌《はま》りそうだった。

「ん、よしっ」

このままではいけないとばかりに、春希はパンパンと自分の頬を叩《たた》く。

そして自分を戒めるかのように、なるべくいつもと同じ声色を意識して、いつもと同じ儀式の呪文《帰宅の挨拶》と共に扉を開けた。

「ただいま――」

「良い子で待ってなさいと言ったでしょうっ⁉」

パァン、という乾いた音が玄関先に響き渡る。

予想外の衝撃を先ほど気合いを入れたばかりの頬に受けた春希は、痛みよりもまず困惑が先に立ってしまい、呆《ほう》けた顔で視線を元へと戻す。

そこには苛立《いらだ》ちを隠そうともしない妙齢の佳人——田倉真央《たくらまお》の姿があった。春希は今それに気づいたとばかりに瞠目《どうもく》する。

見目麗しい顔立ちにやけに迫力のある瞳で、邪魔なものを見るかのような目を向けられれば、春希の顔からはどんどんと感情が削《そ》げ落ちていき……そして力なくポツリと呟いた。

「——お母、さん」

いつの間にか空は泣き出していた。

ザァザァと打ち付けるような大粒の雨は、アスファルトに当たっては弾《はじ》けて霧のように飛沫《しぶき》を上げる。そしてお節介にも熱を持った春希の赤い右頬を冷やす。

春希はとっくにずぶ濡《ぬ》れになっていた。

今日の為にとセットした髪は無様にほつれて背中に張り付いて、隼人を驚かそうと選んだ服はたっぷりと雨を吸って鉛の様に鈍く重い。気合いをいれたメイクも無残に流れ去ってしまっており、代わりに暗い陰が顔に施されている。

「……ぁ」

無意識に歩いていたはずだった。だというのに、目の前には最近見慣れつつあるマンションの姿。

改めて見上げてみれば、とても大きなマンションだ。ファミリー向けでゆうに１００世帯を収容出来るそこは、春希１人くらい難なく受け入れてくれるんじゃないかと錯覚してしまう。

「……何やってんだか」

呆《あき》れた笑いが零《こぼ》れる。知らず知らずのうちにここへと足が向いていた。その理由なんて考えなくてもわかる。

心はとっくに悲鳴を上げていた。

このまま隼人の所へと向かえば何も言わずに受け入れてくれるだろう。そして静かにただ寄り添って、甘えさせてくれるに違いない。

隼人は、春希の友達は、そういうやつなのだ。今すぐにでも駆け込みたかった。でもそれは出来なかった。

「でもそれってボクだから、じゃないんだよね……」

そして今日のことを思い返す。目の前で救われる人を――一輝を見た。

それはかつて月野瀬《つきのせ》に居た頃、疎まれ孤独で心を閉ざしていた時、隼人が強引に手を取り連れ出して、世界を変えてくれたのと同じだった。

とても隼人らしい行動だ。だというのに、胸が軋《きし》みを上げている。

知らず、スマホを握りしめていた。

画面に映る隼人のアドレスを見て、ふと隼人の顔が過《よ》ぎる。母親が入院していることが春希にバレ、気まずそうに目を逸《そ》らした顔だった。指が止まる。

春希にとって隼人は、友達は、特別だ。

だからこそ頼れない。ただでさえ最近は隼人に世話になりっぱなしだという自覚もある。

幼い頃から肩を並べていたのだ。この大切な友人の隣に、胸を張って立っていたい。

ここで隼人に甘えれば、自分の心の天秤《てんびん》が、決定的な方向へ傾きそうだった。だから頼りたくない。なにより頑張ると決めたのは自分なのだから。

握りしめていたスマホをそっとホーム画面に戻し、駆け出す。今度は自分と隼人の家から離れた場所へと意識して。

それは春希の意地だった。

あまり意味のない行動だなんてわかっている。だけど走らずにはいられなかった。

「……何やってんだろ」

やがて辿り着いたのは、スーパー近くの公園だった。

宵の口のにわか雨はすっかり上がってしまっており、空は憎らしいほど星が瞬《またた》いている。

春希はベンチに座り、独り言ちる。

頭はとっくに冷えていた。さっきの自分を思い出しては、呆《あき》れた笑いが喉《のど》を鳴らす。

「わん！　わんわん、わふっ！」

「こらー、れんとー！　どこに行くのー、もうおうちに帰りますよーっ!?」

「っ!?」

そしてふいに犬の声と、聞き覚えのある声が聞こえた。

「公園になにがあるんです……え、二階堂《にかいどう》、さん……？」

「……三岳《みたけ》、さん？」

振り返れば、そこには先日の大型犬《ラフコリー》に引きずられるようにリードを持つ三岳みなもの姿。

黒のゆったりとしたカットソーにスキニージーンズといった、ちょっとそこまでといった格好だ。

もう片方の手にはエコバッグがあり、醤油《しょうゆ》とみりんがぴょんと頭をだしている。女子高生というより生活感溢《あふ》れる主婦じみた姿だ。

見ての通り、犬の散歩ついでの買い物帰りなのだろう。

「あのその、れんとくんの飼い主は結構なお年でして、大型犬はいっぱいお散歩させなきゃだから、たまに私がこうして、ええっと」

「あ、あはは、そうなんだ」

「そ、そうなんですっ！」

三岳みなもはぎこちなく言いながらも、春希の姿を見て顔色を曇らせる。

夜の公園で1人佇《たたず》む濡れネズミな姿を見てみれば、誰が見ても明らかに尋常じゃないというのがよくわかる。彼女でなくとも気になることだろう。

（そういやこの公園って……）

周囲を見回し、そして大型犬の件を思い出す。彼女の生活圏なのだろう。

「えぇっと……」

春希は困った顔で、必死になって言い訳の言葉を探す。

三岳みなもはそんな春希をまじまじと見つめ、そして何を思い立ったのか、ぎゅっと胸の前で拳《こぶし》を握り、ヨシッとばかりに自分を鼓舞する。

「わ、私の家この近くなんです！　その、風邪ひいちゃいますっ！」

「あ、いやでもその、ボク迷惑——」

そしてエコバッグを地面に置いた三岳みなもは、強引に春希の手を取り引っ張った。

小柄な彼女は見た目通り力は強くない。突然の行動で釣られて立ち上がってしまったものの、春希は三岳みなもの世話になるつもりはなかった。そもそも自業自得だという認識がある。彼女の世話になるのは筋違いだとさえ思う。

「こんな状態の友達を放っておくなんて出来ませんっ！」

「…………ぇ」

きっとこの時の春希の顔は、さぞかし間抜けだったに違いない。そして三岳みなもも驚いたような表情を作る。どうやら彼女としても自分の言葉が意外だったらしい。

だが三岳みなもはあたふたと顔を真っ赤にしつつも、口の中でいくつもの言葉を転がして、必死な様子で言葉を紡ぐ。

「あのその、園芸！　園芸友達ですっ！　だからそのええっと、うぅぅ～……っ」

春希にはどうして三岳みなもがここまでしてくれるのかわからない。だけどその小さな身体をいっぱいに使って一生懸命その気持ちをぶつけられれば、思わずくすりと笑いが零れてしまう。少しだけ心が軽くなる。

「あんがと、三岳さん。でもボクん家《ち》もそんなに遠いわけじゃないし、大丈夫だよ」

「っ！」

　そう言って春希は彼女の手を抜け出すと身を翻し、摑《つか》まれていた手をひらりと振る。その時、ドン、とばかりに背中に軽い衝撃を感じた。

「ダメですっ！」

「……え？」

　三岳みなもは自分が濡れるのも厭《いと》わず、びしょ濡れの春希に抱き付いてきた。

必死だった。だけど、どうして彼女がここまでするのかわからない。

　さほど仲が良いというわけでもなく、精々彼女の言う通り園芸繋《つな》がりの緩いモノだろう。困った顔と声色で訊《たず》ねてしまう。

「……どうして？」

「今の二階堂さん、霧島《きりしま》さんと同じ目をしていてっ、その、何のことかわからないと思うけれど、でもその、ダメなんですっ……っ！」

「…………え？」

　三岳みなもから予想外の言葉が飛び出す。

　隼人と同じ——その言葉に春希は、今度こそ驚き固まるのだった。

「ボク、何やってんだろう……」

春希はまたも呆れた笑いを零す。

三岳みなもの勢いに気圧《けお》された春希は、彼女の家へと連れられていた。

無理矢理押し込められた湯船に顔を半分沈み込ませては、ブクブクと水面《みなも》に泡を作る。

脱衣所からはゴゥンゴゥンという乾燥機の回る音が響く。

眉間《みけん》に皺《しわ》を寄せながら、それにしても、と思う。

（随分大きな家だよね。だけど何だろ、この雰囲気……）

三岳みなもの家は先ほどの公園からほど近い場所にあった。

少し古めかしいものの、かなり大きな日本家屋だ。家は裕福なのだろう。

風呂場《ふろば》に行くまでの廊下を見た感じ、いつでも誰かを招き入れられるように丁寧に手入れがされていた。三岳みなもの性格を表すかのようにあたたかみを感じるがしかし、どこか物悲しさが漂っている。

春希はそれがどうしてか他人事《ひとごと》と思えず、ずぷんと湯船の中に潜り込んで眉間の皺をさらに増やす。そして彼女の言葉に思いを巡らす。

（ボクと隼人が同じ目をしている、か……）

何かが引っ掛かった。だがそれが何かはわからない。お節介で強引なところは、三岳みなもの方こそが似ているとさえ思う。

春希はのぼせそうになる頭をぷはっ、とばかりに水面から出し、そして答えが出ないまま風呂を後にした。

「着替え、ありがと」

春希が着ているのはシャツに短パン、三岳みなもの学校指定の体操服だった。

彼女は春希よりも1回り小柄なので少々きつさを感じるものの特に問題はなく、しかし胸周りはやけに余裕があって神妙な顔になってしまう。

「えとその、私服で可愛いのとか持っていなくて……」

「あ、あはは、ボクも家じゃ大抵こんな感じだし」

「そ、そうなんですね」

三岳みなもはどうしたわけか、リビングのソファーでかちこちに緊張して、何故か正座して待っていた。春希はどう反応して良いか分からず、頬が少し引きつってしまう。

そして「お邪魔します」と呟《つぶや》いて彼女の隣に腰掛ければ、三岳みなもはビクリと肩を震わせる。これではどちらが客か分からないと、可笑《おか》しくなって苦笑した。

「……」

「……」

何とも言えない空気である。

ちらりと隣を見てみるも、三岳みなもは硬くなって「うぅぅ」と唸《うな》って緊張しており、目が合えばすかさず逸らされ俯《うつむ》かれてしまう。

(あ、あはは……服が乾くのにも、もう少し時間がかかるよね)

はぁ、とため息を1つ。そしてどうしたものかと、キョロキョロと周囲を見回す。

年季の入った戸棚、傷の多いローテーブル、年代を感じさせるテレビラック――部屋の調度品は少々古めかしいモノが多い。しかし温かみを感じさせるそれらは、大切に使われていることがよくわかるものでもあった。

だから持ち主の性格や思い入れが良く伝わってくる一方で、やはりこの場でポツンと1人でいる三岳みなもの姿が奇異に映る。

(あれ、そういえば……)

三岳みなも以外の住人の姿が見えないことに気付く。他に誰かいる気配もない。

足元に置かれているエコバッグから、醤油とみりんのボトルが顔を出している。それがより一層この異常さを助長する。何か人に言えない事情があるのが明白だった。

そんな春希の考えていることが表情にでてしまったのか、三岳みなもと目が合えば彼女も困った顔で拳を握りしめ膝《ひざ》の上に乗せる。そして逡巡《しゅんじゅん》の後、恥ずかしそうにその秘密を打ち明けた。

「私ね、ここで1人なんです」

「…………………ぁ」

春希は思わず目を見張る。おいそれと誰かに言うようなことではない。

そして強烈な既視感と共に、急にストンと、様々なものが胸へと落ちていく。

「もうずいぶん長い間、一緒だったおじいちゃんが入院しちゃってて寂しくて……だから二階堂さんを連れてきたのは自分の為だったんです……ごめんなさい……」

「謝らなくても！　でも、そっか……そうだったんだ……」

寂しくて、ただ誰かといたかったと。その胸の内を打ち明ける彼女の姿は、まるで悪いことをして謝る幼子そのもので、それが何だか可笑しかった。

そしてわざわざそのことを告げる三岳みなもはどこまでも誠実で――ここに至り、やはり彼女はどこまでも良い子だった。

だから寂しさを滲《にじ》ませながらも、健気《けなげ》に誰かの帰りを待つ姿を見せられれば、春希の身体は自然と動いてしまう。

「1人はさ、嫌だよね」

「に、二階堂さんっ⁉」

「ボクもね、1人なんだ。家でひとりぼっちなんだ。1人はさ、寂しいよね……」

「二階堂、さん……」

春希は自分の中に生まれた衝動に従って、そっと慈しむかのように抱きしめた。どうしてもそうしたかった。驚く三岳みなものことなど、お構いなしに。

（あ、そっか……そうだったんだ……）

そして色々なことを理解する。

1人でいると、どうしてもがらんとした虚しさに蝕《むしば》まれる。それをどうにかしたくて――あぁ、きっとそれは隼人も同じなのだろう。だからあの幼馴染《おさななじみ》は過保護でお節介なのだ。だからこそ、思うことがある。春希の心の空白を、決意が埋めていく。

「ね、また三岳さん家《ち》に来ていいかな？　今度は明るいうちにさ」

「あ……はい、よろこんで！」

「それからさ、友達」

「え？」

「園芸友達じゃなくてさ、普通の友達になりたい。変わりたい。……ダメ、かな？」

「そ、そんなことっ！　その、よろしくおねがっしゅっ!?　あうぅ……」

「あはっ」

そして互いに顔を見合わせた春希と三岳みなもは、くすくすと不器用に笑い合う。

この場に横たわっていた、それぞれが醸し出す暗いものが、笑顔によって払われていく。

きっとそれは本来、とても簡単なことだったのに違いない。

いつしか意地を張り過ぎて見えなくなっていただけのことで、だからこそ春希は頑張ろうと、かつての約束に誓う。


――～～～♪


「っ！」

そんな中、春希のスマホが鳴る。隼人からだった。

何故？　どうして通話を？　疑問が先に立つ。普段から顔を合わせていることもあって、隼人から連絡が来ることはほとんどない。精々メッセージを寄越《よこ》すくらいだ。

通知音に驚き慌てて距離を取った三岳みなもは、こくこくと頷《うなず》き、気にせず出てくださいと促してくる。春希は苦笑いと共に画面をタップした。

『――大丈夫か？』

「……へ？」

『あー、その昼間、映画館でええっと……何もなかったならいいんだ』

心配が滲み出ている声色だった。意外だったので変な声を出してしまう。

しかし、今日のことを少し考えればわかることでもある。

まったく、隼人らしいものだった。声を聞いていると、みるみるうちにいつもの調子を取り戻していく。心が躍り口元が緩む。

だが、春希にはいつもと違う想いが生まれていた。ちらりと三岳みなもを見やる。

「あはは、なぁに？　もしかして寂しくなって、ボクの声が聴きたくなっちゃった？」

『んなっ！　うっせ、ちげーよ！　だけどまぁ、何もないならいい』

「ボクは寂しかったよ」

『………春、希？』

「帰ったらね、お母さんがいたんだ。顔を見るなり平手打ち。可笑しいよね、半年ぶりに顔を合わせたっていうのにさ……さすがのボクも、やっぱりあんたを産んだのは計算違いだった、なんて言われたら、思わず家を飛び出しちゃったよ」

『………』

家に帰ってからの出来事を、淡々と話す。

これは、春希自身が抱える問題だ。おいそれと他人に話すことではない。聞かされた方としても困るだろう。気まずい空気が流れている。

それでも、春希は2人には聞いて欲しかった。

「ボクね、田倉真央の私生児なんだ」

『っ!?』

「ふぇえっ!?」

スマホの向こうからは息を呑《の》む声が聞こえ、目の前では三岳みなもが驚き慌てふためく。

「父親がどういう人か、聞いたこともないけどさ。どちらにしろ、ボクの存在は都合が悪いんだろうね。望まれてない……そう思うと、すっごく寂しくなっちゃった」

『それならっ！　約束しただろ、今から行く、どこにいるんだっ!?』

「ダメだよ」

『春希っ！』

「実際さ、ボクも隼人の家の前まで行ったんだよね。きっとそのまま行ったら、何も言わずに受け入れて寄り添ってくれるだろうって。でもね、それは違うなって思ったんだ。きっとそれはボクだからじゃないのかもって」

『春、希……何を言って……？』

声を荒らげる隼人とは対照的に、春希の声色は落ち着き澄み渡っていた。

目の前のやり取りにハラハラしている三岳みなもを見れば、笑い声さえ出てしまう。

「だってさ、寂しいのは隼人も同じなんだもの」

『――――ッ！』

「こないだ言ったでしょ、隼人は特別だって。だから寄りかかるだけじゃ嫌なんだ。依存になっちゃう。ボクは隼人のことも支えてあげたい。それにこれはボク個人の問題だしね」

空白の時間に変わってしまったものがある。

見上げなければならなくなった差の出来てしまった背丈。

記憶とは随分様変わりした、自分と違う低い声。

そして、それぞれが抱える家庭の事情。

「きっとボクたちさ、昔のままじゃいられないと思うんだ」

『そんなこと……っ』

かつては同じだった。一緒だった。だけど、今はもう同じではいられない。

もはや過去は過ぎ去り、とっくに現実は変化してしまっている。

だけど。だけれども。

変わってしまったからこそ、変わらずにいられるものがある。

あの時の別れはどうしようもなかったけれど、今ならば違ったものになる。

今はまだか細いこの繋《つな》がりを、あの頃と同じように思い出を重ねて、強く育てていきたい。だから春希は自分の望みを高らかに謳《うた》い上げる。

「ボクはね、隼人の本当の特別になれるよう、もっと強く変わりたい」

不思議な感覚だった。大胆なことを口にしている自覚もある。

心臓はバクバクと早鐘を打ち、だというのに胸はじんわり温かい。

「な、なんてね！　それじゃまた明日《あした》、学校で！」

『っ！　あ、おい！　春――』

遅れてやって来た気恥ずかしさを、誤魔化すように早口で通話を切る。そしてこちらをあわあわと見つめる三岳みなもの視線に気付く。羞恥《しゅうち》で顔が耳まで赤く染まる。

冷静になれば、すごく重たい話である。隼人に話すのでさえ、勇気が必要だった。

いきなりそんなことを巻き込む形で聞かされれば、どう思うだろうか？

違う意味で胸がドキドキとする。少し早まったかもと顔に後悔の色を滲ませれば、三岳みなもは大きく目を見開き、そしてがばっと勢いよく春希の手を取った。

「に、二階堂さんのこと、誰にも言いふらしませんから！」

「わっ！　み、三岳さんっ⁉」

「言いにくいこと、私もおじいちゃんの、だからえっとその……私も友達だからっ！」

「…………ぁ」

なんてことはない、自分も似たようなものだし、気にしていないと。そしてなにより、友達だからと。この小柄な少女はたどたどしくも、それを精いっぱい伝えようとしている。

そしてそれこそが、春希が彼女に惹《ひ》かれたところだった。

だからその手を握り返し、同じように脆《もろ》い部分を曝《さら》け出す。

「あのさ、ボクって本当は面倒臭い上にダメダメなやつなんだよね」

「二階堂さん……？」

「だからさ、強くなるためのお手伝いをして欲しい、なんてね」

「わ、私で良ければ！」

そして春希は笑う。困った顔で、ぎこちない笑みを精いっぱい浮かべて。

「まずさ、愚痴を聞いてくれないかな？　ボクの、大切で特別で、いつも振り回されてばかりの、幼馴染の愚痴を……ね、みなもちゃん」

みなもも笑う。目をぱちくりとさせつつも、呼ばれた名前を噛《か》みしめ、にこやかに。

「はいっ、春希さん！」

窓の外に見える都会の夜空、田舎よりも少ない星々、姿を隠した月。

それでも確かに、力強く煌《きら》めくものがあった。

第11話

昔と同じノリはボクの前でだけにしてよね、もぅ！

「わけわかんねぇ……」

隼人《はやと》の呟《つぶや》きが、ベランダから深夜の街並みへと溶けていく。

眼下に見える乱雑に建てられた建物の様に、心の中はぐちゃぐちゃだった。

時折幹線道路の方から、真夜中にもかかわらずトラックの走る音が聞こえてくる。

都会の夜空を見上げれば、雨によって洗い流されたのかいつもより瞬《またた》く星の数が多い。

だがそれでも、月野瀬《つきのせ》よりもはるかに少ない。ここは田舎と違って天上の星々よりも、地上の人の営みの灯《あ》かりの方が強く煌めいている。それは多くの星々を陰らせていた。

「田倉真央《たくらまお》の私生児、か……」

春希《はるき》の言葉が気になり寝付けなかった。日付はとっくに回ってしまっている。

先日、田倉真央の撮影現場を前にした時のことを思い出す。

蒼白《そうはく》になった顔、開かれた瞳孔《どうこう》、反射的に逃れようと藻掻《もが》くようにその場を後にした姿。

そして今回の父親が誰かも知らず、産んだのは計算違いだったという母親の悲嘆の言葉。

だが、それを告げた春希の声はどこまでも真っすぐで透き通っていた。とても綺麗《きれい》だと感じてしまう。そしてどうしてか、置いて行かれるだなんて思ってしまった。

心臓が痛いくらいに暴れ回っている。焦り、苛立《いらだ》ち、切迫感——そのどれとも違う言葉に上手《うま》く変換できない感情が胸を焦がしている。

本当は今すぐ春希の家へと駆け付けたかった。でもそれは出来なかった。今行ったところで、春希を捕まえ留《とど》めておくだけの言葉を持ち合わせていない。

それに、背後から驚く女性の声も聞こえてきた。だから余計に躊躇《ためら》われた。

「あぁ、くそっ！」

だから隼人は必死になって言葉を探す。

とてもじゃないが、今夜は眠れそうになかった。

翌朝、重い足取りで通学路を歩く。

結局ベッドの中で何度も寝返りを打つだけで、ろくに眠れやしなかった。姫子《ひめこ》曰《いわ》く「朝から幸せが夜逃げしたような顔を見せないでよ」と評される顔色をしているらしい。

学校が近付いてくれれば春希の姿はないかと、ついキョロキョロと見回してしまう。

だが顔を合わせたところで、どう話したものかと眉《まゆ》を寄せる。

「…………はぁ～っ」

そしてやるせない思いと共にため息を吐き、ガリガリと頭を掻いて校門をくぐる。目指すは校舎裏、園芸部の花壇。

昨夜《ゆうべ》の雨で畝がどうなっているのかが気になったのと、以前も春希が野菜の世話をしていたことを思い出したからだ。あそこならば人気《ひとけ》も少ない。

そこには果たして、春希の姿があった。みなもも一緒である。眉間《みけん》に皺《しわ》が寄る。

「雨上がりだから草むしりが捗《はかど》るね、みなもちゃん」

「そうですね。でも崩れてしまった畝とかもあるので、直さないと」

「あ、確かに根元の方が心もとない状態になってる。こんな感じで土を寄せればいい？」

「は、春希さん⁉　あのその素手じゃ手を痛めるので、移植ゴテを使ってください！」

「あはは、めんどくさくって。そういやさ、野菜ばかりだけどハーブとかは育てないの？　ミントとかローズマリーとか、料理でもよく使うんじゃない？」

「……やめとけ、それにやるなら鉢植えでだ。あれは基本的に雑草みたいなもんで、ミントテロって言葉があるくらい繁殖するし、ローズマリーなんて木だ」

「あ、霧島《きりしま》さん！　おはようございます」、

「あ、隼人！　へぇ、そうなんだ」

ツッコミを入れる形で会話に割って入る。いつもと同じように話せたと思う。そして、春希の様子もいつもと変わりがないようだった。

しかし、やけにみなもとの距離を近く感じる。胸がざわつく。だからそれを指摘する声は、どこか拗《す》ねたものになっていた。

「なんかその、三岳《みたけ》さんといつの間にか随分仲良くなってたんだな」

「ん～、なんていうか色々あってね。昨夜もひょんなことから出会ってお世話になっちゃったし」

「…………へぇ」

「はいっ！　あ、それと霧島さんと春希さんって、幼馴染《おさななじみ》だったんですね！」

「っ！　あぁ、そうだけど……」

しかも、色々と話しているみたいだった。

そして、どうやら昨夜一緒だったということを知り、安心する一方でひどく動揺する。

（なん、だ、これ……）

目の前には仲良さそうに話し、野菜の世話をする少女が２人。話の輪の中に入っているというのに、妙な疎外感を覚えてしまう。

「とりあえず今朝は雑草を捨てておしまいにしましょう。春希さんは顔だけじゃなく、手も洗わないと」

「そうだね。うへぇ、土が爪の中にまで入り込んじゃってるや」

「素手でやるからだ、バカ。ほら、袋よこせ。俺が捨てておくから洗いに行ってこい」

「あ、うん。お願い」

隼人はやや強引にゴミ袋をひったくり、集積所へと足を向ける。何となく居心地が悪かった。自然と早足になる。

「っ、おっと！」

校舎の角を曲がったところで、前から勢いよく駆けてくる女子生徒がいた。

すれ違い、どうしてこんなところにと思いつつも、彼女から遅れて奥から顔を出した人物を見て納得する。一輝《かずき》だった。よくよく見れば、彼女の後ろ姿にも見覚えがある。どうやら先日ここで見かけたことの焼き直しがあったらしい。

隼人に気付いた一輝は、困った顔で肩をすくめる。

「……モテるってのも大変なんだな」

「そうだね。女の子絡みのいざこざはもうコリゴリだ」

隼人は返事の代わりに、怪訝《けげん》なはぁという大きなため息を返した。

昼休みになった。

いつもなら秘密基地に向かうところだが、なんとなく気乗りしない。

ちらりと隣を見て春希と目が合えば、にこりと笑みを返される。いつものように、まるで昨夜のことが何もなかったかのように。

隼人は眉間に皺を寄せ、どうしたものかとガリガリと頭を掻く。

「隼人くんはいるかい？」

「……一輝」

「むっ！」

まごついていると一輝がやって来た。ここ最近、お馴染《なじ》みになっている光景でもある。

そして春希の顔が不満の色へと染まっていく。

一輝の姿に気付いた森《もり》がやたらと焦った様子で駆け寄ってきて、そして爆弾を落とした。

「おい海童《かいどう》、今朝あの高倉《たかくら》先輩の告白、断ったんだって!?」

「おい、マジか!?　高倉先輩って演劇部2年の凄《すご》い美人の、あの高倉先輩か!?」

「去年のミスコン異例の3部門完全制覇の、あの!?」

「え、その話ホント!?　ていうか海童くん何で断ったの!?」

「まさか女の子に興味がないってこと、ないよね⁉」

「あーいや、僕はその……」

一瞬にして教室中が蜂の巣を突《つつ》いたような大騒ぎになる。男子も女子も一輝に群がり、真偽のほどを問い質《ただ》す。

突然のことで春希と顔を見合わせれば、「こ、告⁉　高倉先ぱっ、断っ⁉」と驚き目を回している。かなり可愛らしい印象があったが、どうやら有名人らしい。

視線を戻し、大勢に詰め寄られ困った顔の一輝と目が合う。すると、どうしたわけかにこりと悪戯《いたずら》っぽい笑みを返された。ろくなことを考えていないような顔だった。

「待って皆《みんな》、落ち着いて！　確かに高倉先輩のことは事実だけど、それにはわけがあるんだ！」

そう言って一輝は大声を出し人波を掻き分け、春希のところへとやってくる。

視線が2人に集まる。春希はこの展開が予想外だったのか、キョロキョロと挙動不審になって周囲を見回す。

そして一輝はいつになく真剣で、それから今まで見たこともないほどのいい笑顔を見せて、とんでもないことを口にした。

「二階堂《にかいどう》さん、僕の彼女になって下さい」

「み゛ゃ〜〜〜〜〜っ！！？！？！？」

一輝が言い終わるのと、春希が特大の鳴き声を上げながら平手打ちを繰り出すのは同時だった。バチンという乾いた音と共に、教室が一瞬にして静寂へと塗り替えられる。

隼人の意識も刈り取られ、頭の中が真っ白になる。不意打ちだった。

「き、昨日も言ったけど、ボク、その海童のことは好きでもなんでもないって！」

「ははっ、うん、聞いた。覚えてるよ。またフラれちゃったね」

そしてこの春希と一輝のやり取りを切っ掛けに、教室がわぁっ、と先ほどまでとは比べ物にならないほどの喧騒《けんそう》に包まれる。

「え、うそ、これどういう状況だ!?」

「昨日も、てことは、何度もアタックしてるのか!?」

「海童くんは二階堂さんが本命って噂、本当だったの!?」

当然ながら一輝だけでなく、春希も大勢の人に詰め寄られる。どうしていいかわからず、「アレ？　アレ？」と連呼して狼狽《うろた》えるばかり。

どういうわけか、春希が一輝に告白されていた。噂が真実だというように。

心臓が痛いくらいに暴れ出す。状況が理解できない。いや、したくない。一輝を見ればその顔は、してやったりと悪戯が成功した悪ガキそのものである。そして隼人と目が合えば、茶目っ気たっぷりに片目を瞑《つむ》った。

二階堂春希は清楚可憐《せいそかれん》な美少女だ。

いずれ一輝でなくとも、こうして目の前のことのように、誰か他の男子に告白されることもあるだろう。

昔と変わってしまっただなんて、分かっていたつもりだった。だけどいつまでも同じものが続いて行かないことなんて、嫌というほど知っている。

ふいに、かつて涙を堪《こら》えて月野瀬で別れた時のことを思い出す。

そして春希の助けを求めるような目が合えば、自然と隼人の身体が動き出していた。

「春希、こっちだ！」

「は、隼人ーっ⁉」

驚く春希のことなどお構いなし。強引に手を取り教室を飛び出して行く。

どうしてか、誰にも渡したくないだなんて思ってしまった。

身体が熱を帯びていく。

（……くそっ！）

もはや手を引く少女は、かつてのはるき《少年》とは重なりはしない。

だけどそれを承知で、この手を取った。

繋《つな》いだ手を確かめるかのように、ぎゅっと力を籠《こ》める。繋がれた手はすっぽり包み込めるほど小さく、そして柔らかい。

今この瞬間、隼人は自分の中で春希の認識が変わってしまうのを、明確に自覚するのだった。

◇◇◇

春希は隼人に手を引かれ、昼休みにもかかわらず校外へと出た。

立て続けに予想外の出来事が起こり、春希は混乱の最中《さなか》にあった。

どうしてこうなっているのかわからない。理不尽すら感じてしまう。住宅街を駆け抜けながら、その背中に問いかける。

「一体どこに向かっているのーっ!?」

「駅前、ゲーセン！　俺、まだ行ったことない！」

「ゲーセン!?　何でゲーセン、ていうかボクのお財布は教室だよ!?」

「俺も持ってきてないな！」

「何しに行くのさ!?」

「見物。急にどんなところか見てみたくなった！」

「何それっ⁉」

説明が説明になっていなかった。

教室は今頃大変なことになっているだろう。

いつだって隼人は唐突なのだ。

だというのに、どうしてかこの状況が懐かしいだなんて思ってしまう。

「走れば昼休み中に戻って来られるだろ、急ぐぞ——相棒っ！」

「————ぁ」

相棒。

久しぶりに掛けられたその言葉でふと、かつて月野瀬に居た時のことを思い出す。

あの時も孤独だったのを覚えている。

疎まれていた。

母親からも。周囲からも。

居場所がなかった。

父親が誰かもわからない私生児というのは、世間からの風当たりが強い。

それは月野瀬の祖父母も同じだった。

きっと、誰からも望まれていない存在。そう思い込み、自分の殻に閉じ籠《こ》もっていた。

『きょうからはるきは、おれのあいぼうだ！』

そう言って、膝《ひざ》を抱えていた春希を強引に別の世界《外》へと連れ出したのは誰だったか。

かつて見下ろして追いかけた背中は、今や目の前いっぱいに大きく広がっている。繋がれた手はごつごつとしており、引っ張る力は幼い頃とは段違い。

あの時も、この人は一体どんな表情で手を引いているのか気になった。

そして赤信号で足が止まる。

回り込んで顔を覗《のぞ》き込めば、いつかと同じく照れて真っ赤になった笑顔を、ぷいっとばかりに逸《そ》らされる。

それがなんだか可笑《おか》しくて、春希がくすくすと肩を揺らせば、ふいに空いている手に何かを強引に握り込ませてきた。

一体何かと思って手のひらを見てみれば、そこにあったのはここ最近どこか見覚えのある猫のキーホルダーが付けられたカギ。またも状況の理解が追い付かない春希は、しきりに手のひらのカギと隼人の顔を交互にみやる。

「それな、うちの……あーその、合いカギ」

「え……あ、うん……？」

「なんていうか、好きに使ってくれ。出来れば、今度昨夜《ゆうべ》みたいなことがあったら、うちに来て欲しい。真夜中でも、早朝でも、遠慮しないで訪れてくれ」

「隼……わぷっ⁉」

そして春希に向き直った隼人は、照れくささを誤魔化すように無理くりその頭を掻《か》き回す。

「も、もぅ、何す――」

「そのさ、支えたいって思ってるの、春希だけじゃないから」

「――隼、人……？」

「春希に遠慮なく頼ってもらえるよう、俺も強くなるよ」

「…………ぁ」

なんてことはない、気持ちは同じなのだと。

そんな風に笑みを浮かべる隼人の目は、春希が見た事のない色をしていて、妙に胸をざわつかせる。

「青だ、走ろう！」

「もぉーっ！」

そして再び走り出す。

言いたいことはいっぱいある。

これ、隼人のいつも使ってるカギじゃないのかだとか、ゲーセンなんて昼休みに抜け出してわざわざ見に行く場所じゃないだとか、昔から本当に強引なんだから、だとか。

変わったものがあって、変わりたいと願って、それでも変わらないものがある。

きっとこれからも隼人には引っ張り回されていくのだろう。

今だって、教室に戻った時のことを考えると頭が痛い。

だから強引に手を引く隼人の背中に向かって、心の中で声を大にして叫びたい言葉があった。

――昔と同じノリはボクの前でだけにしてよね、もぅ！

エピローグ

その日の夕方、隼人《はやと》と春希《はるき》はいつもより少し遅い時間に帰宅した。

「あーあ、もう着いちゃった」

「……いいから開けてくれ、こっちは手が塞《ふさ》がっているんだ」

どこか機嫌のよい春希があははと笑いながら、昼間渡された合いカギで玄関を開ける。

一方隼人は苦々しい顔をしており、そして真っ赤になっていた。

その原因は両手で抱えている抱き枕ほどの大きさの、ぐてーっと胴体が伸びている三毛猫のぬいぐるみだった。愛嬌《あいきょう》があって可愛らしくあるものの、男子高校生が抱えながら街中を歩くには、なかなかにハードルの高いものである。

それは昼間様子を見に行ったゲーセンでテンションが上がり、放課後再度寄って行われた勝負の景品だった。ちなみに計１６００円となかなかの額が費やされており、隼人は色んな意味で眉間《みけん》に皺《しわ》を寄せる。

「あはは、隼人の手番で取ったんだもの、持ち主が運ばなきゃ！」

「くそっ、試合に勝って勝負に負けた気分だ……」

「……おにい、なんでそんなもの持ってんの？」

「ひ、姫子《ひめこ》！」

「あ、ひめちゃん」

　春希がカギを開けていると、背後から丁度帰ってきたばかりの姫子に声を掛けられる。なかなかファンシーな姿だという自覚がある隼人は必死になって言い訳を探すが、それよりも姫子のにやりと底意地の悪い笑みと共に、パシャリと写真を撮られる方が早かった。

「あっはっは、沙紀《さき》ちゃんにも見せてあげよーっと。そういや昨日のカラオケのハニトーも送ってあげないとねー」

「あ、ちょ、やめろ姫子！」

「およ、早速返事が来――」

『ど、どどどどどういうことなの～っ!?　お兄さん恥じらい可愛い意外と猫ちゃんと似合ってるっていうか、カラオケのあれ何なの～っ!?　お兄さんおめかししてるし、やたらイケメンの人がかかかか肩組んでるし、やたらあざとい春――』

「わわ、沙紀ちゃん!?　ええっとね、実は――」

すぐさま沙紀からの返事があった姫子は、そそくさと自分の部屋へと向かう。

その騒がしい後ろ姿を見送った隼人と春希は、苦笑しながら玄関をくぐる。

「よかったね、隼人。案外似合ってるってさ」

「嬉《うれ》しくねぇよ、ったく……」

そうやって揶揄《からか》われれば、どう反応していいかわからない。そしてはぁ、とため息を1つ。今日は色々と振り回されてばかりだな、と思う。

（春希もそうだけど、一輝《かずき》にも……）

午後、学校に戻った時のことを思い出す。

昼休み、あんなふうに春希の手を取って飛び出したというのに、さほど隼人が注目されることもなかった。というのも、教室の話題が春希と一輝の話題一色だったからだ。もっとも、話題の渦中の春希は大変だったようだが。

その後、この状況を作り出した一輝を捕まえて詰め寄ったものの、開口一番『あ、さっきの告白は本気じゃないから安心してよ』とにこにこ笑顔で言われれば、隼人もつい反射的に小突くのも無理はない。

ただその後に続いて『でもこれで二《に》階堂《かいどう》さんも、それに僕も他の誰かが寄ってくるようなことはないでしょ？』と茶目っ気たっぷりに言われれば、何も言えなくなってしまう。

最近の春希は変わった。猫が逃げ出していることも多く、親近感が増していた。きっと今後、告白される機会が出てくるかもしれない。それを考えると先ほどの一輝の一手は、いい牽制《けんせい》になったことだろう。

それにしても、と思う。改めて春希を見てみる。

玄関先でローファーと共についでとばかりに、ハイソックスも脱いでいた。普段は隠されているスラリと伸びた足先が、無防備に晒《さら》されている。そしてそれは、隼人の前だけでしか見せない姿だ。普段と変わらぬ顔色が少し恨めしい。

ごくりと喉《のど》が鳴ると共に、頬に熱を帯びるのを自覚する。そっと目を逸らす。

「うん？　どったの、隼人？　ははぁん、まだ照れてる？」

「っ！　違《ちげ》ぇよ」

そんな隼人の何かを察知したのか、春希が顔を覗き込んでくる。いつものようにどこか揶揄いの色を含んだ悪戯《いたずら》っぽい顔だ。だというのに、やけにドキリとしてしまう。顔が赤いのはぬいぐるみのせいだと思われているのが幸いか。

隼人は暴れる鼓動を誤魔化すように、そして声色に少しだけ釈然としない悔しさを滲《にじ》ませ、ぐいっとぬいぐるみを春希へと突き出す。

「ん、これ！」

「……えーと？」

「その、プレゼントだ。俺が持ってても仕方がないし」

「プレゼント……？」

「……春希？」

　春希は形容のしがたい表情をしていた。

　困惑しているような、迷子のような、しかし決して嫌なものでもないといった顔だ。どうやら今の自分の感情が分からないらしい。隼人も首を捻《ひね》る。

　そんな隼人の反応をどう受け取ったのか、春希はそうじゃないよといった様子で両手をあわあわ振りながら、たどたどしく言葉を紡ぐ。

「その、よくわからないんだ……ほらボクお母さんがアレだから、今まで誰かにプレゼントなんてもらったことなくて、だからどうしていいかわかんなくて……」

　そんな言葉尻《ことばじり》がどんどん小さくなっていく呟《つぶや》きを聞かされると、胸がきゅっと締め付けられる。そして隼人は強引に春希の手を取り、無理矢理ぬいぐるみを抱きかかえさせる。

「悪かったな、初めてのプレゼントが俺からになって。諦《あきら》めて受け取ってくれ」

「…………ぁ」

「まぁこいつも男の俺のところより、春希の傍の方が嬉しいだろうし――」

「……わかった！　ボク分かった、多分これって嬉しいんだ！」

「――春希？」

春希は目を瞬《しばたた》かせていたと思えば、瞳《ひとみ》を理解と共に喜びの色へと染め上げ、そして満面の笑みを咲かす。えへへとぬいぐるみを抱きしめる。

「大事にする、ありがと隼人！」

「っ！」

それはあまりに綺麗《きれい》な笑顔だった。

だから隼人は、生まれて初めて春希のことを可愛いと思ってしまった。

「……そっか」

今度は違った意味で胸が暴れ出す。やれやれと誤魔化すように頭を掻く。

どうやらこの幼馴染《おさななじみ》には、笑っていて欲しいらしい。

多分、幼い頃から、ずっと。

玄関から差し込む夕陽は、2人の笑顔を赤く染め上げているのだった。

あとがき

雲雀湯《ひばりゆ》です！　正確にはどこかの街の銭湯・雲雀湯の看板猫です！

またこのあとがきで皆さんと会うことができました！　にゃーん！


というわけで2巻です。

今回の話のメインは、隼人《はやと》と春希《はるき》に同性の友達が出来る、になりますね。

幼い頃、お互いの性別なんて気にせず遊んでいたけれど、学校に上がったのを機に初めて男子同士、女子同士のグループが出来て、お互いを異性だと意識してしまう——そんな感じのものを、空白の時を超えてやった感じです。

それから、1巻と2巻で色々と対になるようなことも意識しました。

いかがだったでしょうか？


また、ＷＥＢ版から伝えたい部分はそのままに、内容を大幅に加筆修正いたしました。

担当のＫ様とは幾度となく相談と打ち合わせを重ね、おかげさまで作者としてはみなもと一輝《かずき》の存在感とヒロイン力がよりパワーアップしたかと思います。

さてさて、ちょっとした余談を。

1巻あとがきでファンレターは『にゃーん』だけでも大丈夫です、と書きました。

ありがたいことに「ファンレターってそんな簡単な一言とかでもいいの？」、そう思っていただけたのか、結構な数のにゃーんをいただきました！　にゃーん！

作者として、そのちょっとした一言が届けられるのが、とても嬉《うれ》しいものなのです！

そしていただいたのはにゃーんだけではありません。ファンリカーもいただきました。

ファンリカー、つまりお酒です。私も初めて聞いた単語ですね！

編集さんからメールをいただいた時も、え、どういうこと？　と、ちょっとばかり脳がバグっちゃったりも。いえ、まぁ嬉しいには非常に嬉しかったわけなのですが（笑）。

それはさておき、物語は少しずつ動き始めたところです。

意識が変わってしまったことによって、これから色んなことが起きるだろう隼人と春希、そして2人を取り巻く周囲の変化も描いていきたいところ。

また、姫子《ひめこ》の月野瀬《つきのせ》の親友こと沙紀《さき》ちゃんも積極的に絡ませていきたいところ。是非とも今後の彼らを見守ってあげてください。

最後に担当のK様、様々な相談や提案、ありがとうございます。イラストのシソ様、美麗な絵をありがとうございます。私を支えてくれた全ての人と、ここまで読んでくださった読者の皆様に心からの感謝を。

そして再び皆さんと会うためにも、これからも応援してくれると幸いです。ファンレターを送ってくれると嬉しいです！

ファンレターは今回も前回同様、『にゃーん』だけで大丈夫ですよ！

にゃーん！

令和3年　6月　雲　雀　湯

転校先《てんこうさき》の清楚《せいそ》可憐《かれん》な美少女《びしようじよ》が、昔男子《むかしだんし》と思《おも》って一緒《いつしよ》に遊《あそ》んだ幼馴染《おさななじみ》だった件《けん》2

著　雲雀湯《ひばりゆ》

角川スニーカー文庫　22724

2021年7月1日　初版発行

発行者　青柳昌行

発　行　株式会社KADOKAWA
〒102-8177 東京都千代田区富士見2-13-3
電話　0570-002-301（ナビダイヤル）

印刷所　株式会社暁印刷
製本所　株式会社ビルディング・ブックセンター

◇◇◇

Printed in Japan　ISBN 978-4-04-111046-1　C0193

★ご意見、ご感想をお送りください★

〒102-8177 東京都千代田区富士見 2-13-3
株式会社KADOKAWA　角川スニーカー文庫編集部気付
「雲雀湯」先生
「シソ」先生